Die Hauptpersonen:

Emil Strothkämper ist alt und stirbt nach einem „Unfall"

Ulla Schulte lernt ihn erst richtig kennen, als er nicht mehr lebt

Jürgen „Jimmy" Schimanneck liebt Ulla und haßt es, dabei gestört zu werden

Rudolf Knippel wäre sehr gern wieder englisch besetzt

Otto Voß tat alles, um das zu vermeiden

Karl Augsburger verliert erst den Finger und später den Kopf

Arthur Schwandt
Erwin Cibulla
Helmut Lochner
} regeln den Verkehr in Dahlhausen, und Dahlhausen ist überall

1

Emil hatte nur kurz angehalten, um sich an Erna Skomrocks Trinkhalle Zigaretten zu kaufen.

Er war in Eile.

Aber dann brach der Regen los und prasselte auf das Vordach. Die Männer, die dort standen, rückten dichter zusammen, hielten sich an ihren Bierflaschen fest und stierten in die Gegend.

Viel zu sehen gab es nicht. Die Straße mit den alten Mietskasernen lag verlassen da. Die Türkenkinder, die hier tagsüber spielten, waren längst in den säuerlich riechenden Backsteinhäusern verschwunden. Auf dem Parkplatz vor dem Bahndamm standen drei Autos.

Ein viertes parkte fünfzig Meter weiter auf dem Gehweg.

Es war ein weißer Mercedes. Der Fahrer saß am Steuer und starrte durch die Windschutzscheibe.

„Erna, gib mir noch schnell 'ne Rote Hand für zu Hause."

Emil stellte die leere Bierflasche neben das dickbauchige Glas mit den Salzgurken, fummelte mühsam das Geld aus dem Portemonnaie und legte es auf die Gummimatte vor der Verkaufsklappe. Die Groschen, Fünfziger und Marken, für die Erna Skomrock den Kindern bunte Mischungen aus den Bonbongläsern hinter der Scheibe fischte und in Tütchen füllte, hatten auf der Matte ihre Spuren hinterlassen. Gummibärchen, Pfefferminzbruch, Lakritz, Knöterich, Veilchenpastillen, Säuerlinge, Eßpapier – die Schnuckereien für die Kinder gehörten ebenso zur Bude wie die Bratheringe im Einmachglas, die Lore-Romane für die Frauen und das Bier für die Männer aus der Nachbarschaft.

Die Trinkhallenpächterin sah den alten Mann besorgt an.

„Willst du etwa bei dem Regen fahren, Emil?"

„Wieso? Ich bin doch noch kein alter Sack!"

Er knöpfte die verknitterte dreiviertellange Kunstlederjacke mit dem schwarzen Teddyfutter zu, stülpte die Motorradkappe mit den Ohrenklappen auf den Kopf und zog sich umständlich die großen Lederhandschuhe an. Sein Moped lehnte an der gedrechselten Säule, die das Vordach der Trinkhalle trug. Er mußte mehrmals fest treten, ehe der Motor losstotterte.

„Bis die Tage, Jungens. Wenn ich nächstes Mal komm', hab' ich den Schweinehund vielleicht schon geschnappt."

Nur einer der Männer, offensichtlich der jüngste von ihnen, reagierte. „Hau nicht so auf den Putz!" rief er dem Alten nach und kippte den Rest Bier aus seiner Flasche in sich hinein. „Paß lieber auf, daß du dich nicht auf die Fresse legst! Ist glatt heute."

Emils Moped knatterte los. Es verließ den Lichtkreis der Straßenlaterne und verschwand im Regen.

Auf der anderen Straßenseite setzte sich der Mercedes in Bewegung und folgte dem Moped in einiger Entfernung.

Die Lewackerstraße war schmal und dunkel, sie lag eingeklemmt zwischen dem Ruhrhang und der Bahnlinie. An der einen Seite standen Feldsteinhäuser, die in die Fahrbahn vorsprangen.

Emil fuhr scharf rechts.

An der Schwimmbrücke ließ der Schrankenwärter gerade den Fallbaum herunter. Aus dem Dahlhauser Bahnhof schob sich die S-Bahn die Ruhr entlang Richtung Hattingen.

Emil ignorierte die rote Ampel. Sie galt nur für Fahrzeuge, die über die Brücke nach Essen abbiegen wollten.

Dreißig Sekunden später stoppte der Mercedes vor der roten Lampe. Unschlüssig blickte sich der Fahrer um. Als die hellerleuchtete S-Bahn an ihm vorbeidonnerte, gab er Gas.

Das Moped war hinter einer scharfen Linkskurve

verschwunden und quälte sich die ansteigende Kopfsteinpflasterstraße hinauf. Hier gab es keine Häuser an den Straßenseiten. Links troff der dichtbewachsene Ruhrhang im Regen, rechts sammelte sich das Wasser auf dem verwahrlosten Gelände einer stillgelegten Zeche in großen Pfützen.

Der Mercedes bog mit eingeschaltetem Fernlicht um die Kurve. Noch hundert Meter trennten ihn vom Rücklicht des Mopeds. Der Fahrer beschleunigte. Die breiten Reifen des Wagens surrten über das nasse Pflaster.

Als Emil den linken Arm ausstreckte und in den Weg zu seinem Haus einbiegen wollte, hatte der Wagen ihn erreicht. Ohne das Tempo zu verringern, rammte der Mercedes das Vorderrad des Mopeds.

Die Wucht des Aufpralls reichte aus, um das Zweirad herumzureißen und mitsamt dem Fahrer gegen den Bordstein zu schleudern.

Seltsam verrenkt blieb Emil liegen, das Moped noch zwischen den Beinen, den Oberkörper verdreht, die Arme weit abgewinkelt. Aus dem Haarbüschel im linken Nasenloch sickerte Blut in die Furchen seines Gesichts. Seine Augen wölbten sich stark unter den Lidern.

Er rührte sich nicht.

Zehn Meter weiter hielt der Mercedes an. Die Fahrertür wurde aufgestoßen. Der Mann blickte sich zur Unfallstelle um, sah zu dem Alten hinüber, der unter seinem Moped lag, zog die Tür mit einem Ruck ins Schloß und legte den Gang ein.

Der Mercedes entfernte sich mit dumpf dröhnendem Motor.

2

Laut Dienstplan hätten Cibulla und Schwandt mit dem VW-Bus durch den ausgestorbenen Wachbezirk streifen müssen. Aber es war kurz vor halb zehn und Montag, ein Tag, den sie wie alle Streifenpolizisten haßten. Montags war Schichtwechsel. Die beiden Beamten hatten „kurz“ gewechselt, von Nacht- auf Mittagschicht. Dazwischen lagen nur acht Stunden Freizeit. An solchen Tagen ließen sie den Dienst gewöhnlich im Aufenthaltsraum ausklingen.

Mit vor Müdigkeit und Langeweile regungslosen Gesichtern, die Berufsspielern Ehre gemacht hätten, hingen sie am Tisch.

„Immer wenn ich in Führung liege, schummelst du“, quängelte Artur Schwandt. „Meinst du, ich merk' nicht, daß du schon wieder drei Karten umgedreht hast?“

„Wenn sich deine Alte nicht beim Chef beschwert hätte, brauchten wir dieses blöde Spiel jetzt nicht zu spielen“, giftete Erwin Cibulla zurück. „Außerdem hab' ich keine drei Karten umgedreht. Nur den Eisbär und die Prinzessin.“

Er war stinksauer auf Schwandt. Früher hatten die beiden zusammen mit Lochner, dem dritten Mann in ihrer Schicht, in jeder freien Minute Skat gespielt. Aber Schwandts Frau war dahinter gekommen, daß es dabei um Geld ging und ihr Mann häufig die Zeche zu bezahlen hatte. Deshalb fragte sie telefonisch im Präsidium an, ob es bei der Polizei jetzt üblich sei, einem Familienvater im Dienst das Geld aus der Tasche zu ziehen.

Seitdem war es mit dem Skatspiel vorbei.

Der Leiter der Schutzpolizei hatte noch am gleichen Tag in einem Rundschreiben „aus gegebenem Anlaß“ darauf hingewiesen, daß im Dienst nicht um Geld gespielt werden dürfe und im übrigen der Dienstplan dafür wohl kaum Zeit ließe.

Von da an spielten sie Memory mit Eisbären und grünen Hasen, und abwechselnd durfte jeder zwei Karten umdrehen, um ein Paar zusammenzubekommen. Cibulla verlor. Als er zum sechsten Mal versuchte, den zweiten blauen Frosch zu finden, läutete in der Wachstube das Telefon.

„Polizeiwache Dahlhausen“, meldete Lochner sich und blieb dann eine Weile still.

„Also jetzt mal ganz langsam!“ stöhnte er schließlich in die Muschel. „Auf der Ferdinand-Krüger-Straße liegt ein Mann unter einem Moped. Wo denn genau? ... Das können Sie nicht sagen, so. Ist er verletzt? ... Na, so was sieht man doch! ... Vielleicht ist er betrunken? ... Das wissen Sie auch nicht? Aber wie Sie heißen und wo Sie wohnen, das wissen Sie, oder? ... Ich bin nicht unverschämt. Also: Ich brauche Ihren Namen und Ihre Anschrift. ... Was meinen Sie, wie oft wir umsonst rausfahren! ... Also gut, ich schicke einen Streifenwagen und die Feuerwehr.“

Durch die offene Tür hatten Cibulla und Schwandt das Gespräch mitangehört. Bei den letzten Worten standen sie auf und schoben die Karten zusammen.

„Immer, wenn ich gerade am gewinnen bin“, seufzte Schwandt.

Auf dem Flur rief Lochner ihnen durch die Sprechklappe ein fröhliches „Schönen Feierabend auch!“ hinterher.

21.42 Uhr. Achtzehn Minuten vor ihrer Ablösung mußten sie noch einmal los.

Am nächsten Mittag fuhren Lochner und Cibulla die erste Streife.

In der Wache klemmte Schwandt hinter der altersschwachen Schreibmaschine. Aus einem kleinen Lautsprecher neben ihm knarzte der Polizeifunk. Schwandt hörte nicht hin. WDR 2 brachte Fakten für Verbraucher.

Die Verkehrsunfallanzeige war computergetrimmt und drei Seiten lang. Allein das erste Blatt bot neunundvierzig Möglichkeiten, Kreuzchen auf das gelbe Papier zu hacken.

Behördenkennung NW: 200000
Unfalldatum: 12. 09. 83

Unfallzeit: 21.30 Uhr
Anzahl der Beteiligten: 01
Getötete: 00
Schwerverletzte: 01
Leichtverletzte: 00
Gesamtschaden: 100 DM
Fahrerflucht: ---
Alkoholeinwirkung: x

Die zehn Kästchen zur Unfallart, die von „Zusammenstoß mit anderem Fahrzeug, das anfährt, anhält oder im ruhenden Verkehr steht", bis „Unfall anderer Art" reichten, ließ Schwandt offen.

Unfallhergang: Beim Eintreffen am Unfallort befand sich der Beteiligte 01 unter seinem Fahrzeug, das je zur Hälfte auf der Fahrbahn und dem Gehweg lag. Eine Unfallrekonstruktion war nicht möglich, da der Beteiligte 01 nicht ansprechbar war. Zeugen waren ebenfalls nicht vorhanden. Die Ferdinand-Krüger-Straße weist in diesem Abschnitt keine Bebauung auf. Schwandt gefiel seine Schilderung. Er gönnte sich eine Zigarette, bevor er das zweite Blatt einspannte.

Beteiligte Personen und Fahrzeuge
Ordnungsnummer 01
Familienname: Strothkämper
Vorname: Emil
Wohnort: Bochum
Straße, Nr.: Lewacker 227 b
Geboren am 10. 03. 08
Geburtsort: Bochum
Fahrzeugart: Kreidler
Typ/Erstzulassung: Florett/1965

Schwandt quälte sich weiter durch das Formular, setzte Kreuze in die Rubriken „Schadenshöhe" und „Verletzungsart", machte hinter dem Wort „Zeugen" einen Strich und einen zweiten hinter „sonstige Geschädigte" und wiederholte auf der letzten Seite alles, was er vorher angekreuzt hatte, mit eigenen Worten.

Schäden oder Spuren an Fahrzeugen, die auf den Unfallhergang schließen lassen: Vordergabel verbogen.

Er zog den Vordruck aus der Maschine, setzte ein lange geübtes „Schwandt“ darunter und versah Original und Durchschläge mit dem Stempel „Polizeimeister“.

Mit einer Büroklammer klemmte er die Bögen zusammen und legte sie zu den anderen Anzeigen ins Fach. Von dort wanderten sie auf den Schreibtisch des Dienststellenleiters, der die Formulare nach eingehendem Studium in ihre fünf Bestandteile zerlegte und an vier andere Dienststellen versandte.

Der fünfte blieb auf der Wache und landete in einer Akte.

Die Fahrenheitstraße war zugeparkt.

Lochner stellte den Streifenwagen in der zweiten Reihe ab. Die beiden Polizisten stiegen aus und überquerten den kurzgeschorenen Rasen vor dem Neubauklotz.

Cibulla schellte bei Schulte.

Ein Summton ertönte, und Cibulla drückte die Tür mit der Schulter auf.

Die Beamten stiegen durch das cremefarbene Treppenhaus in den zweiten Stock.

Die rechte Wohnungstür war zur Hälfte geöffnet.

Das Mädchen im Türrahmen war etwa neunzehn Jahre alt, nicht besonders groß und hatte schwarzes Haar, es trug einen stahlblauen Bademantel, aus dem oben ein kräftiger Hals und ein rundes Gesicht mit einer Stupsnase, unten kräftige unbehaarte Waden und etwas zu große Füße hervorschauten.

Lochner ließ seinen Blick an dem Mädchen hinab und wieder hinaufgleiten und sah betont lässig auf die Uhr.

„Guten Morgen, Fräulein. Hauptwachtmeister Lochner von der Polizeiwache in Dahlhausen.“

Statt in ihr Gesicht starrte er in den Ausschnitt des Bademantels.

Das Mädchen knüllte den Frotteestoff über der Brust zusammen.

„Sind Ihre Eltern nicht da?“ fragte Lochner und schob den Daumen hinter den Bund seiner Uniformhose.

„Nein. Aber worum geht es denn?“

Lochner zog seinen Notizblock aus der Brusttasche und blätterte lange darin.

„Emil Strothkämper“, sagte er endlich. „Ist das Ihr Großvater?“

Das Mädchen nickte heftig.

„Ihr Großvater hat gestern abend einen Unfall gehabt. Mit dem Moped. Er liegt jetzt im katholischen Krankenhaus.“

Die Hand des Mädchen krallte sich in den Bademantel. Die Knöchel traten weiß durch die Haut.

„Wissen Sie, wie es ihm geht?“

„Nein, das wissen wir nicht“, antwortete Lochner. „Aber wenn Sie sich mit dem Anziehen etwas beeilen, dann kann ich Sie zum Krankenhaus mitnehmen. Das liegt ziemlich auf unserem Weg.“

„Ich nehm' lieber das Fahrrad“, sagte das Mädchen.

„Da kann man nichts machen“, seufzte Lochner gespielt, drehte sich um und stieg die Treppe runter.

Cibulla, der während des Gesprächs den Stromzählerkasten an der Wand studiert hatte, folgte ihm.

3

Das Elisabeth-Hospital lag oben in Linden. Ulla Schulte kettete das Rad an ein Gitter vor dem Eingang und blieb mit fliegendem Atem an der Pforte stehen. Sie hatte die Steigung im zweiten Gang genommen und schwitzte dementsprechend.

Die weißgekleidete Nonne hinter der Scheibe telefonierte.

Als sie auflegte, hatte Ulla wieder genug Atem, um sprechen zu können.

„In welchem Zimmer liegt Herr Strothkämper?“

„Vorname?“ knurrte die Nonne, ohne aufzublicken.

„Emil.“

Der Finger glitt über die Spalten einer Kladde hinab.

„Chirurgische Männerabteilung. P 3. Hinter der Tür links, den Gang bis zum Ende, zwei Treppen hoch, dann rechts. Zimmer 267.“

Der geflieste Flur roch durchdringend nach Medikamenten und Krankenhausessen. Ulla schien er endlos und das Treppenhaus turmhoch. Erleichtert atmete sie durch, als sie endlich vor der Tür zu Zimmer 267 stand.

An der Wand leuchtete eine Tafel:

„Eintritt verboten. Bitte bei der Schwester melden!“

Ulla suchte die Stationsschwester und fand sie in der Teeküche, wo sie mit schweren Kannen hantierte. Die Schwester trug die weiße Ordenstracht der barmherzigen Schwestern der heiligen Elisabeth. Ulla stellte sich vor und bat, ihren Großvater sehen zu dürfen.

„Ihr Großvater ist schwerverletzt“, belehrte die Schwester sie. „Er braucht Ruhe.“

„Aber kann ich nicht wenigstens kurz rein? Nur für ein paar Minuten?“

„Also gut“, entschied die Ordensfrau nach kurzer Überlegung. „Kommen Sie mit.“

Sie ließ sich Wasser über die Hände laufen und streifte sie an der Schürze ab.

Ulla folgte ihr durch den Flur zu Zimmer 267 und betrat zögernd den Raum.

Wenn die Schwester nicht dabei gewesen wäre, hätte Ulla auf dem Absatz kehrt gemacht. Es stand nur ein einziges Bett im Raum. Ihr Großvater lag regungslos unter einem weißen Laken. Sein Gesicht war weiß und eingefallen, die Haare steckten unter einem mächtigen Verband. In seinen Arm hatte man eine Kanüle gebohrt, von der zwei Schläuche zu einer Art Galgen über dem Bett führten. Dort hingen zwei bauchige Flaschen, aus denen eine durchsichtige Flüssigkeit in die Schläuche tropfte. Aus den Nasenlöchern ragten Plastikschläuche, die von einem Tropfenfänger gehalten wurden. Am Hals entlang schlängelten sich drei dünne Strippen zur Ablage über dem Kopfende des Bettes. Dort stand ein Gerät, das Ulla in anderer Umgebung wahrscheinlich für eine Digitaluhr gehalten hätte. Auf dem postkartengroßen Bildschirm zuckte eine weiße Linie gleichmäßig auf und ab, daneben leuchtete grün die Zahl 78.

Seine Augen waren geschlossen.

„Gehen wir, er schläft."

Die Stationsschwester faßte Ulla am Arm und führte sie zur Tür.

„Kommen Sie morgen wieder. Vielleicht geht es ihm dann schon etwas besser. Ihre Eltern können dann auch mit dem Doktor reden."

„Schön wär's", sagte Ulla auf dem Flur.

Ihre Stimme hatte dabei einen merkwürdigen Klang. Die Schwester blickte lange nachdenklich hinter ihr her, als sie die Station verließ.

Zu Hause war niemand. Ulla hängte ihre Jacke an die altdeutsche Garderobe in der Diele. In der Küche begann der Kühlschrank zu brummen.

Es war halb vier, und sie hatte noch nichts gegessen. Sie setzte sich auf einen der verchromten Stühle mit dem Plastikpolster und löffelte einen Joghurt.Der saure Geschmack der Konservierungsstoffe pelzte ihre Zunge. Sie stand auf und warf den halbvollen Becher in den Mülleimer hinter der Eichenfront der Einbauküche.

Ihr Zimmer sah chaotisch aus. Auf dem Boden lag ihr blauer Bademantel neben der schwarzweißen Hose, die sie tags zuvor getragen hatte. Slip, BH, Hemd, Strümpfe und Pullover waren gleichmäßig über den

Raum verstreut. Auf einem Tischchen zwischen den Korbsesseln türmten sich Zeitschriften.

Ulla schlackerte prüfend mit der tönernen Kanne, die auf dem Stapel thronte. Ein Schuß kalten Tees schwappte aus der Tülle über das Titelmädchen der Brigitte. Sie holte einen Lappen aus der Küche und saugte die Pfütze auf. Auf dem Titelblatt blieb ein brauner Fleck übrig.

Ulla zog mit einem Ruck den Vorhang zurück. Das graue Licht des Herbsttages konnte ihre Stimmung auch nicht heben. Mißmutig begann sie aufzuräumen. Sie leerte den randvollen, stinkenden Aschenbecher, klaubte die herumliegenden Kleidungsstücke vom Fußboden auf und stopfte sie in den rosa-bespannten Wäschekorb, der im Schlafzimmer der Eltern stand. Danach schüttelte sie das zerknüllte Oberbett auf und stopfte die Schlafanzugteile darunter.

Als sie den Kakteen auf der Fensterbank frisches Wasser geben wollte, summte in der Diele das Telefon unter seiner Samthaube. Sie schlurfte hin, gab dem kupfernen Schirmständer im Vorbeigehen einen Tritt, nahm den Hörer ab und meldete sich.

„Ach, du bist das ... Nein, ich bin nicht enttäuscht. ... Wirklich nicht... Jetzt hör' aber mal auf. Ich bin fertig, weil mein Opa einen Verkehrsunfall gehabt hat... Ja, schwerverletzt... Im Elisabeth... Wie, was wird mit morgen? ... Ist das alles, was dir dazu einfällt? Mein Opa liegt auf der Intensivstation, und du hast Sorgen, weil er uns für morgen abend seinen Schlüssel versprochen hat... Klar möchte ich auch gerne, du Blödmann. Oder meinst du, ich find' das schön in deinem Zimmer, und deine Mami klopft alle Viertelstunde an die Tür: Wollt ihr auch'n Kaffee, Jürgen?"

Sie äffte eine schrille Frauenstimme nach, setzte sich auf die Telefonbank, stemmte die ehemals weißen Turnschuhe gegen die Blümchentapete und lauschte in den Hörer.

„Komm doch morgen mit ins Krankenhaus... Nein, meine Alten doch nicht. Weiß doch, daß die mit Opa nichts zu tun haben wollen... Bestimmt nicht. Aber du kannst mich ja morgen noch mal anrufen... Jetzt geh' ich einkaufen... So ist das Leben, Jimmy ... Bestimmt ... Tschüß, du Affe."

Ihre Eltern reagierten genauso, wie sie es sich vorgestellt hatte. Als sie ihnen beim Abendessen erzählte, was mit ihrem Großvater geschehen war, sah ihre Mutter sie zwar bestürzt an, fragte aber nicht weiter. Ihr Vater tat so, als ginge ihn das alles nichts an. Verbissen säbelte er an seinem Wurstbrot.

Bis zum Dankgebet fiel kein Wort mehr.

4

Das Elisabeth-Krankenhaus war die dritte Klinik, die er von einer Telefonzelle in der Hauptpost aus anrief.

Eigentlich hätte er sich denken können, daß sie den Alten in das Lindener Unfallkrankenhaus geschafft hatten und nicht zum Bergmannsheil oder in die Stadt.

„Kriegeskotte, Alschewski, Czyborra...", murmelte die Schwester die vertraut klingende Litanei der Ruhrgebietsnamen aus ihrem Bestandsbuch in den Hörer.

„Strothkämper, da haben wir ihn ja. Ist vorgestern abend hier eingeliefert worden."

„Und?" fragte er. Ihm war keine bessere Formulierung eingefallen, um sich möglichst unauffällig danach zu erkundigen, ob der Alte noch am Leben wäre.

„Wie, und?" fragte die Frau an der Pforte prompt.

Er machte eine Pause und suchte fieberhaft nach Worten.

„Auf welcher Station liegt er?" fragte er endlich.

„Chirurgische Männer. P 3. Moment, ich verbinde."

Der lebt! Verdammt, der lebt! An mehr konnte er nicht denken.

Es knackte in der Leitung. Eine junge Frau meldete sich mit „P 3“.

Ruhig bleiben jetzt, befahl er sich, ganz ruhig.

„Hier Strothkämper“, sagte er und räusperte sich. „An der Pforte hat man mir gesagt, mein Bruder läge auf Ihrer Station.“

Er wunderte sich selbst, daß es ihm gelang, seine Stimme besorgt klingen zu lassen.

„Ihr Bruder liegt auf 267, im Intensivzimmer“, antwortete die junge Schwester.

Wenigstens etwas, dachte er.

„Geht es ihm denn so schlecht, Schwester?“

„Nun, er hat einen Schädelbasisbruch. Dazu noch drei Rippen gebrochen, und den Arm ausgekugelt“, erklärte sie und fügte hinzu: „Das ist keine Kleinigkeit für einen Mann in seinem Alter.“

„Wird er durchkommen, Schwester?“

„Es sieht danach aus, Herr Strothkämper. Heute hat er jedenfalls schon wieder etwas gesprochen.“

„Schön, ich komm' ihn in den nächsten Tagen mal besuchen“, sagte er und hängte ein.

5

„Jürgen, Telefon!“

Mühsam klappte er die Augen auf und blickte sich um. Erst als er die Urkunden und Fotos an der Wand sah, wußte er wieder, wo er sich befand.

„Herr Schimannek!“ rief seine Mutter.

Er schwang die Beine von der Bettcouch und richtete sich auf. Dabei fiel die Zeitung raschelnd zu Boden, aber er bückte sich nicht danach, kratzte sich nur am Kopf und gähnte laut. Dann ging er hinaus.

„Beeil dich, Jürgen! Deine kleine Schwatte ist dran.“

Seine Mutter war die einzige, die ihn noch Jürgen nannte. Seit der Grundschule hieß er überall nur noch

Jimmy. Niemand wußte genau, ob damit der Vor- oder Nachname gemeint war. Wenn Ulla „Jimmy“ sagte, begann sie mit weichem D und ließ ein kräftiges Schimmi hinterhergleiten. Der Meister auf der Henrichshütte startete mit scharfem T und zischte Tschimmi.

Jimmy war froh, daß nicht sein Meister am Telefon war.

„Hallo, Ulla... Was? Wie spät ist das? ... Okay, ich bin in zehn Minuten da!“

Er knallte den Hörer auf die Gabel und sauste ins Bad, von da in sein Zimmer zurück, wo er in die Motorradkombi schlüpfte.

Seine Mutter trat in die Tür, als er fast fertig war.

„Willsse nicht wenigstens noch ’n Kaffee trinken, Junge?“

„Jetzt nicht mehr. Hättest mich ja früher wecken können“, sagte er und würgte sich die Stiefel über die Hakken.

„Du brauchst deinen Schlaf, Jürgen. Papa hat auch immer ’n Stündchen gepennt, wenn er vonne Schicht kam. Weiße noch, Augenpflege hat er dazu immer gesagt.“

„Ja, Mama. Aber der war achtundfünfzig, und ich bin einundzwanzig.“

„Trotzdem“, beharrte sie auf ihrem Standpunkt und dem Platz in der Tür.

Jimmy schob sie sanft zur Seite und angelte sich Helm und Handschuhe von der Hutablage.

Seine Mutter verstellte ihm den Weg zur Wohnungstür, aber er grinste nur und bugsierte sie an ihren alten Platz zurück.

„Bisse zum Abendessen wieder da, Jürgen?“ rief sie ihm nach.

„Weiß noch nicht“, antwortete er, schon an der Haustür.

Seine Suzuki stand direkt vor dem Haus. Er startete den Motor und brauste los.

Ulla wartete schon an der Ecke. Sie hatte die Jeans in die hohen Turnschuhe gesteckt, trug eine wattierte Windjacke mit breiten Schultern und Jimmys ausrangierten Integralhelm. Statt Motorradfahren hätte sie mit dieser Montur auch American Football spielen können, fand Jimmy.

Ulla stieg zu ihm auf das Motorrad und verschwand hinter seinen Schultern. Statt einer Begrüßung schlang sie die Arme um seinen Bauch und drückte ihre Schenkel an ihn.

Wie ein Geschoß flog die Maschine Richtung Ruhr, vorbei am Bahnhof, vor dem die Autos der Büromenschen auf die Rückkehr ihrer Besitzer aus den Essener Glas- und Betonburgen warteten. Das Kopfsteinpflaster der Dr.-Otto-Straße schüttelte die beiden durch. Jimmy hielt das Tempo trotz der Steigung. Die Suzuki wurde laut, und einige Leute drehten sich schimpfend nach ihnen um.

Das Krankenhaus lag in einer ruhigen Seitenstraße. Jimmy bockte die Maschine auf dem Kies vor der Pforte auf. Sie zogen die Helme vom Kopf, küßten sich flüchtig und gingen hinein.

Im Schwesternzimmer trafen sie den Arzt. Er kaute auf seinem Kugelschreiber und hörte der Schwester zu, die ihm von einem Patienten berichtete.

Ulla nickte der Nonne zu, um erkannt zu werden. Die Schwester zog die scharf geschnittenen Augenbrauen hoch.

„Fräulein Schulte, nicht wahr?“

Ulla nickte.

„Das ist die Enkelin von Herrn Strothkämper, Herr Doktor.“

Der Arzt mit den strähnigen, blonden Haaren und dem gestutzten Schnäuzer sah die Schwester hilflos an und kaute weiter.

„Die Notaufnahme von vorgestern. Intensivbett.“

„Richtig“, sagte der Arzt und ließ sich das Krankenblatt geben. Er studierte nachdenklich die Eintragungen.

„Ihre Eltern wissen nicht Bescheid?" fragte er unvermittelt.

„Doch", sagte Ulla schnell, „aber sie sind beide berufstätig."

Sie merkte, daß sie warme Ohren bekam. Wie immer beim Lügen. Dabei war es nicht mal gelogen, fiel ihr ein. Aber ihre Ohren glaubten ihr nicht.

„Es sieht so aus, als ob Ihr Großvater noch einmal Glück gehabt hätte", begann der Arzt. „Anscheinend handelt es sich um eine reine Schädelbasisfraktur. Soweit ich feststellen konnte, ist das Gehirn selbst unverletzt. Rechts sind die fünfte, sechste und siebte Rippe gebrochen, aber nicht disloziert. Das heißt, die Rippen sind nicht in die Lunge gedrungen. Die Luxation des rechten Oberarms ist nicht weiter tragisch. Wenn nichts Unvorhersehbares geschieht, was ich bei Patienten in diesem Alter natürlich nicht ausschließen kann, hat er gute Chancen durchzukommen."

Ulla strahlte.

„Darf ich zu ihm rein?"

„Was Ihr Großvater braucht, ist Ruhe. Absolute Ruhe. Keine Aufregung. Nichts. Wenn Sie ihn unbedingt besuchen wollen, dann nur kurz und in Begleitung von Schwester Hildegard."

Er gab der Schwester das Krankenblatt zurück.

„Sie warten am besten draußen, bis Schwester Hildegard hier fertig ist", wandte er sich noch einmal an die beiden. „Wir haben noch zu tun."

Ulla und Jimmy gingen durch den Flur in Richtung Intensivzimmer. Die Stühle um den Besuchertisch an der Stirnwand waren von einigen älteren Männern in dunkel gestreiften Bademänteln besetzt, die dort rauchten und sich miteinander unterhielten.

Als die Schwester nach ein paar Minuten auf dem Flur auftauchte, verstummte das Gespräch. Die Zigaretten flogen durch das halbgeöffnete Fenster. Einer der Männer hüstelte und begann ein Gespräch über das Wetter.

Schnuppernd steuerte die Nonne auf das Intensivzimmer zu, wobei sie den Bademänteln giftige Blicke zuwarf.

Emil lag wach. Sein Kopf bewegte sich leicht. Seine Augen versuchten, die Eintretenden zu erwischen.

„Herr Strothkämper, Sie haben Besuch“, sagte die Schwester und beugte sich weit über ihn.

Als Emil sie ansah, griff sie hinter sich, zog Ulla ans Bett und tauschte mit ihr den Platz.

Seine Augen waren klar. Ulla glaubte, so etwas wie ein Lächeln unter dem Tropfenfänger erkennen zu können. Sie erinnerte sich plötzlich daran, wie ihre Mutter an ihrem Kinderbett gesessen hatte, wenn sie Masern oder Mumps hatte. Automatisch faßte sie nach der großen Hand auf der Decke.

„Geht es dir heute besser, Opa?“ fragte sie laut.

Emil nickte und bewegte die Lippen, aber er brachte keinen Laut heraus.

„Hast du Schmerzen?“

Emil schüttelte den Kopf.

Ulla blickte zu den Tropfern auf. Kein Wunder, bei den Geschossen! dachte sie.

„Wie ist das denn passiert, Opa?“

Noch während sie sprach, wußte sie, daß sie eine dumme Frage stellte, denn wie sollte er in seinem Zustand darauf eine Antwort geben? Der Schwester ging wohl derselbe Gedanke durch den Kopf, denn sie räusperte sich laut und warf Ulla einen mißbilligenden Blick zu.

Emil schaute hilflos zu seiner Enkelin auf. Er versuchte zu sprechen, aber er brachte nicht mehr als ein heiseres Gurgeln zustande.

„Ich glaube, es ist besser, wenn wir ihn jetzt allein lassen“, sagte die Nonne und öffnete den Kleiderschrank. Dort hing die Lederjacke, die Emil bei seiner Einlieferung getragen hatte. Sie durchsuchte die Taschen und nahm ein Schlüsselbund heraus, verschloß den Kleiderschrank und trat an die Tür.

Jimmy stand unschlüssig am Fußende. Der Anblick des verkabelten alten Mannes hatte ihm die Sprache verschlagen.

Ulla saß immer noch auf dem Bett.

„Ich komm' morgen wieder, Opa", sagte sie und drückte seine Hand. Dann zog sie ihre Hand vorsichtig zurück und folgte Schwester Hildegard, die inzwischen hinausgegangen war.

„Ich hab' noch eine Bitte", sagte die Schwester. „Ihr Großvater ist direkt von der Unfallstelle hier eingeliefert worden. Würden Sie morgen bitte Schlafanzüge, Handtücher, Wasch- und Rasierzeug mitbringen?"

Sie drückte Ulla Emils Schlüssel in die Hand.

6

Das Haus klebte auf einer schmalen Terrasse im Hang über der Ruhr. Die Wände waren durch den häufigen Anstrich mit Holzschutzmittel fast so dunkel geworden wie die Dachpappe, die das niedrige Satteldach vor dem Regen schützte.

Vor dem verschachtelten Bau lag in einem verwilderten Gärtchen ein riesiger Stapel Bretter und Kanthölzer der verschiedensten Längen und Stärken. Demgegenüber stand ein Stall mit einem Wellblechdach, hinter dem der Wald begann.

Jimmy schob die Suzuki am Gartenzaun aus Baustahlmatten entlang und stellte sie in den kleinen Holzverschlag neben dem Gartentor, den Emil für sein Moped gebaut hatte.

Während Ulla den passenden Schlüssel für das Törchen suchte, sah er über das Ruhrtal. Vor ihm lag die alte Flußbadeanstalt, in der Mitte der Ruhr die langgestreckte Insel, zu der sie wie andere Pärchen im Sommer abends manchmal hinübergeschwommen waren. Rechts dehnte sich ein Gewirr von Schienen – der stillgelegte Güterbahnhof. Vor zwanzig Jahren waren hier die letzten Kohlen der Zechen „Hasenwinkel“, „Friedlicher Nachbar“ und „Dahlhauser Tiefbau“ verladen worden. Jetzt dösten dort nur noch ausrangierte Waggons auf den verrottenden Gleisen. Weiter hinten legte sich der mehlige Qualm aus den Schornsteinen der Steinfabrik auf die Zechenhäuser am Wald.

Seit er Ulla im Sommer kennengelernt hatte, war Jimmy erst dreimal hier oben gewesen, aber der Anblick war ihm schon so vertraut, als wäre er hier aufgewachsen. Manchmal ertappte er sich in letzter Zeit bei dem Wunsch, hierher zu ziehen, den Garten auf Vordermann zu bringen und dann nichts weiter zu tun, als auf die Ruhr zu blicken.

„Ach, du Scheiße!“

Ullas Stimme stoppte seinen Ruhrhöhenflug.

„Was ist?“

„Die Kaninchen!“

Sie zeigte auf den Stall, aus dem ein metallenes Scharren drang. Hinter der Holztür, die sie mit einem weiteren Exemplar aus Emils umfangreicher Schlüsselsammlung öffnete, wetzten vier silbergraue Stallhasen die Krallen ihrer Vorderläufe an den vergitterten Türen der Verschläge, klopften mit ihren Hinterläufen auf den Boden und rannten gegen die Wände der engen Boxen. Es roch durchdringend nach dem Kohl, der in einer Kiste an der Wand vor sich hin welkte. Daneben ein Sack mit vertrocknetem Brot.

Ulla klappte die Türen auf und legte jedem Tier Futter in den Stall. Knirschend raspelten die Kaninchen die alten Brötchen, rissen mit ruckenden Köpfen am Kohl.

Stumm sahen die beiden den Kaninchen eine Weile zu und gingen dann zum Haus.

In der Tür schlug ihnen schwere, abgestandene Luft entgegen. Ulla stieß die Fenster in der Küche und im Wohnzimmer auf.

Jimmy schaute sich um. Alles in diesem Haus war klein, winkelig und alt. Die Räume, die wenigen Möbel, sogar die Fotos an den Wänden. Das in der Diele zeigte einen jungen, schwarzhaarigen Emil, der neben einem Dobermann kniete. Im Hintergrund konnte man die Ruhr erkennen. Das Bild der alten Frau auf dem Schrank trug eine schwarze Schleife. Auf der Fotografie über dem Wohnzimmersofa hatte sich eine Blaskapelle in Positur gestellt, die vordere Reihe kniete. Auf der Pauke stand in geschwungener Schrift: „Schalmeien-Korps Hamme von 1929".

Jimmy ließ sich in das durchgesessene Sofa fallen. Er beobachtete Ulla, die auf der Suche nach den Sachen fürs Krankenhaus durch die Wohnung streifte. Hinter jeder Schranktür, die sie öffnete, warteten neue Überraschungen auf sie. Das Rasierzeug, nach dem sie Küche und Toilette abgesucht hatte, fand sich im Wohnzimmerschrank. Offensichtlich benutzte Emil die Glasscheibe in der Mitte als Rasierspiegel.

„Weißt du, wo ich die Schlafanzüge gefunden habe?"

Er zuckte mit den Schultern.

„Im Küchenschrank", gluckste sie, stopfte die gestreiften Pyjamas in die Plastiktüte und pflanzte sich neben ihn.

Wie ein Federbett legte sich die Stille des Hauses über sie. Selbst das Pendel der Wanduhr hing bewegungslos hinter der Glasscheibe. Die Zeiger waren um halb zwölf erstarrt.

Ohne Hast fuhren Ullas Finger über den Reißverschluß seiner Motorradjacke, faßten den Lederschnipsel und zogen ihn ebenso ruhig herunter.

Vorsichtig zupften sie sein T-Shirt aus der Hose und glitten darunter. Ihre Handfläche streichelte seine breite, spärlich behaarte Brust.

Jimmy folgte dem Treiben auf seinem Oberkörper mit interessierten Blicken.

„Fällt dir nichts anderes ein?“ imitierte er ihre Stimme. „Mein Opa liegt auf der Intensivstation, und du denkst nur ans ...“

Weiter kam er nicht.

Ullas Hand strich über seine Taille und griff kräftig in das weiche Fleisch. Er kreischte auf, hielt ihre Hand fest und schnappte nach der anderen. Aber ihre Linke war schneller, kniff ihn in die andere Seite. Jimmy sprang hoch und baute sich vor ihr auf. Er ließ die Jakke auf den Boden gleiten, zog das Hemd über den Kopf und dehnte spielerisch seinen Brustkorb.

„Komm runter, Typ!“ sagte Ulla ruhig. „Ich weiß ja, daß du groß und stark bist.“

Sie zog ihn zurück auf das Sofa und schmiegte sich an seine warme Haut. Knabberte an seinem Ohrläppchen. Bürstete seine Nackenhaare gegen den Strich.

Jimmys Motorradhose spannte sich. Er löste den obersten Knopf ihrer Bluse, dann noch zwei und schob seine Hand hinein.

Sie trug keinen BH.

Draußen gab der schmuddelige Septembertag seinen Geist auf. Der Ruhrgebietshimmel – nicht blau, nicht grau, schon gar nicht weiß – bezog sich von Osten mit einem stumpfen, sternlosen Schwarz.

In Burgaltendorf, auf der anderen Seite des Flusses, flammten die Laternen auf. Der Nebel schluckte die Insel im Fluß. Eintönig rauschte das Wehr.

An der Straße klappte eine Wagentür zu.

Ulla hob den Kopf und lauschte.

„Ich glaub’, da kommt einer“, flüsterte sie.

Jimmy antwortete mit einem unwilligen Brummen.

Aber sie gab keine Ruhe, richtete sich auf, um besser hören zu können. Die Decke, die sie geholt hatte, als es ihnen kühl geworden war, glitt von ihren Schultern.

„Hörst du nicht?“ zischte sie und stubste ihn in den Bauch.

Auf dem Weg raschelte das vorzeitig abgefallene Laub.

Schritte näherten sich dem Haus.

„Hat noch jemand einen Schlüssel?“ fragte Jimmy und setzte sich auf.

Ulla schüttelte den Kopf.

„Wir machen einfach nicht auf, wenn einer schellt.“

Es schellte niemand. Statt dessen machte sich draußen jemand mit einem Werkzeug an der Tür zu schaffen.

Das Holz knirschte, ein metallischer Gegenstand schrappte am Schloß.

Jimmy stand auf, um Licht zu machen. Das Tischchen, auf dem der Recorder stand, hatte er vergessen. Seine nackten Zehen stießen gegen ein kantiges Tischbein, der Recorder wackelte und kippte mit einigem Getöse vom Tisch.

An der Tür herrschte für einen Moment vollkommene Stille, dann quietschte das Gartentörchen, und auf dem Weg hastete jemand in Richtung Straße.

„Den pack' ich mir!“ schnaubte Jimmy, sprang in Hose und Stiefel und polterte zur Tür.

„Bleib hier!“ rief Ulla.

Ohne Erfolg.

Jimmy stand schon auf dem Weg und zog das Motorrad aus dem Verschlag. An der Straße startete jemand einen Diesel.

Jimmy gab zuviel Gas. Die Maschine heulte auf, das Hinterrad fräste sich in die feuchte Erde. Er nahm Gas weg, und die Suzuki holperte über die Baumwurzeln. Nach zwanzig Metern wurde die Strecke besser. Das Motorrad surrte über den Splitt Richtung Straße. Als Jimmy dort ankam, verschwand der Wagen gerade in der Rechtskurve der Lewackerstraße.

Jimmy drehte voll auf, war nach wenigen Sekunden unten am Fluß, schnitt die Kurve eng an, nahm nur wenig Tempo weg, schoß mit beängstigender Schräglage heraus. Ein entgegenkommender Kadett blendete auf und hupte.

Der andere hatte jetzt die Schwimmbrücke erreicht. Er bog links ein und setzte über die Ruhr.

Wahrscheinlich hätte Jimmy ihn auch dort noch weiter verfolgt. Aber die Ampel sprang um, und er mußte anhalten. Dabei erinnerte er sich seines Aufzugs: nackter Oberkörper, offene Stiefel, kein Helm auf dem Kopf.

Er drehte ab und beeilte sich, die Straße hinter sich zu bringen.

Auf der anderen Seite des Flusses verschwand der Mercedes in Richtung Essen.

Als er ins Haus zurückkehrte, fand er Ulla am Küchentisch. Sie rauchte und sah ihn mit einem dieser „gemischten" Blicke an, aus denen Erleichterung und Wut sprechen.

„Na, Charles Bronson, hast du den Täter zur Strecke gebracht?"

Jimmy setzte sich zu ihr und schwieg.

„Sag schon was!" murrte sie und zerquetschte die halbe Zigarette auf einem Unterteller.

„Er ist über die Schwimmbrücke abgehauen, sonst hätt' ich ihn gehabt."

Er stand auf, blieb an den Spülstein gelehnt stehen und sah sich um.

„Warum bricht einer in diese Bude ein, Ulla?"

„Die schlagen doch heute 'ner alten Oma für fünf Mark den Schädel ein."

Jimmy schüttelte den Kopf.

„Mag sein. Aber so einer war das mit Sicherheit nicht. Weißt du, was der für 'n Auto fuhr?"

Er ließ sie einen Moment zappeln.

„'n weißen Benz, ziemlich großes Gerät."

Ihn fröstelte. Noch immer hatte er sich nichts übergezogen. Ulla holte seine Sachen von nebenan.

„Hier, du Held!“

Sie hielt das T-Shirt so vor ihn hin, daß er nur noch die Arme hineinstecken mußte, legte ihm die Jacke über die Schultern und drückte ihn.

„Jagt hinter Einbrechern her und läßt mich hier zittern.“

„Was ist da denn eigentlich eben umgefallen?“ lenkte er ab.

„Der Kassettenrecorder.“

„Läuft er noch?“

„Hab’ ich noch nicht ausprobiert.“

Der Recorder lag auf dem Fußboden. Es sah so aus, als hätte er den Sturz überlebt. Jimmy stellte die Anschlüsse wieder her und schaltete das Gerät ein. Aus dem quäkigen Lautsprecher drang Marschmusik. Bevor er den Ausschaltknopf gefunden hatte, fiel die Melodie jaulend in sich zusammen. Es knackte mehrmals, und jemand fragte: „Ob dat jetzt wohl hingehauen hat?“

Jimmy wartete noch einen Moment und schaltete dann ab.

„Dein Opa?“

Ulla nickte.

„Vielleicht kann er sich einen Reim auf die Story mit dem Benz machen.“

„Vielleicht“, antwortete sie. „Aber ich finde, wir können ihm unmöglich mit der Geschichte kommen, so wie es ihm geht.“

Ulla griff nach dem Beutel mit den Sachen fürs Krankenhaus und ging hinaus. Draußen war es dunkel, kalt und still.

7

Ein langgezogener Heulton ließ Ulla aus dem Schlaf fahren. Mühsam klappte sie die Augen auf. Durch den Spalt zwischen Rollo und Wand fiel ein Streifen Tageslicht auf den Strohteppich. Sie stand auf, schloß das Fenster, sprang zurück ins Bett.

Als sie sich wieder eingemummelt hatte, die Decke über den Ohren, das Gesicht zur Wand, heulte die Sirene von neuem los. Diesmal jaulte sie in verschiedenen Tonlagen. Ulla versuchte, das Geräusch zu ignorieren, aber der auf- und abschwellende Ton drang bis in den letzten Winkel ihres Gehirns und setzte sich dort fest.

Probealarm.

An Schlaf war nicht mehr zu denken. Dabei waren die verschlafenen Vormittage das Schönste an dem kaputten halben Jahr, in dem sie steckte. Im Mai hatte sie endlich die Tür der Theodor-Körner-Schule mit dem Abitur in der Tasche hinter sich zugeschlagen; die Hebammenausbildung, für die sie sich nach langem Suchen entschieden hatte, begann erst im Januar.

Sie stand endgültig auf, zog das Rollo hoch und ging ins Badezimmer, um sich zu duschen.

Eine Stunde später keuchte sie auf dem Hollandrad, das die Eltern ihr zum Abitur geschenkt hatten, den Lindener Berg hoch. Die Plastiktasche mit Emils Sachen klemmte unter den Gummizügen auf dem Gepäckträger.

Hier ging es sehr steil hinauf, und ihre Oberschenkel spannten sich in der engen Jeans. Sie mußte aus dem Sattel steigen, das Rad die letzten hundert Meter schieben.

Schwester Hildegard begegnete ihr auf dem Flur.

„Gut, daß Sie die Sachen bringen“, freute sie sich. „Ihrem Großvater geht es schon wesentlich besser. Kommen Sie, wir ziehen ihn gleich um.“

Emil erkannte sie schon an der Tür. Er lächelte. Die Schläuche in seiner Nase waren mitsamt dem Tropfenfänger verschwunden.

„So, Herr Strothkämper, dann wollen wir Sie mal fein machen“, sang die Nonne wie eine junge Mutter, die ihr Kind trockenlegt. Sie schlug die Decke zurück und zog ihm vorsichtig das weiße Anstaltshemd aus.

Trotz seines Alters war Emils Körper straff, muskulös und sehnig. An mehreren Stellen schimmerten dunkelblaue Narben, Erinnerungen an Verletzungen, in die sich der Kohlenstaub gesetzt hatte.

Ulla schämte sich. Sie holte einen Schlafanzug aus der Tasche und half der Schwester beim Anziehen. Für die Jacke mußte sie den Oberkörper ihres Großvaters etwas anheben. Dabei kam sie seinem Gesicht sehr nah. Er lächelte wieder und kniff ihr ein Auge zu.

„Eigentlich könnten Sie ihn auch gleich rasieren", meinte Schwester Hildegard.

Ulla blickte sie entgeistert an.

„Das hat aber auch noch bis morgen Zeit", vertröstete die Nonne sich selbst und ließ die beiden allein.

Ulla setzte sich auf die Bettkante und griff nach seiner Hand, die wie verloren auf dem Laken lag.

„Geht es dir heute besser, Opa?"

Emil öffnete die Augen und nickte.

„Wir waren gestern bei dir zu Hause", sagte sie laut. „Ich hab' die Kaninchen gefüttert."

Emil drückte ihre Hand und nickte.

Es ging ihm wirklich besser.

„Wie ist das denn passiert mit dem Unfall, Opa?"

Emil versuchte, ihr zu antworten, aber sie konnte seine Worte nicht mal erahnen.

„Laß das mit dem Sprechen lieber. Wir können uns auch so unterhalten."

Emil nickte.

„Bist du mit dem Moped ausgerutscht bei dem Regen?"

Er schüttelte den Kopf.

„Oder vor den Bordstein gefahren?"

Erneutes Kopfschütteln.

„Schlecht geworden ist dir auch nicht?"

Emil zog die Augenbrauen hoch und versuchte einen vorwurfsvollen Blick. So reagierte er immer, wenn die Sprache auf sein Alter oder seine Gesundheit kam.

Emil ließ ihre Hand los und legte sie demonstrativ mitten auf das weiße Laken.

„Opa, es war doch nicht böse gemeint“, lenkte Ulla ein.

Er schüttelte den Kopf und zog die linke Hand mit vor Anstrengung geschlossenen Augen ruckweise unter der Decke vor. Erschöpft blieb sie neben der rechten liegen.

Ulla betrachtete die Hände ihres Großvaters. Sie waren breit und ausgearbeitet, mit wulstigen Fingern und dicken, dunklen Nägeln. Mit einem knappen Kopfnikken deutete Emil in Richtung seiner Hände. Dann setzte die Rechte sich in Bewegung und glitt ruhig über das Laken, beschrieb nach wenigen Zentimetern einen Bogen zur Bettmitte. Jetzt startete auch die linke Hand, fuhr hastig geradeaus, schnitt der linken den Weg ab und rammte sie im Scheitelpunkt der Kurve. Langsam klappte die rechte Hand auf den Rücken und blieb so liegen.

Gespannt waren Ullas Augen dem Schauspiel auf der Bettdecke gefolgt. Als es vorbei war, blickten sie forschend in Emils Gesicht.

„Dann war das also ein Zusammenstoß“, stellte sie fest.

Emil nickte erleichtert.

„Mit einem Auto?“

Er sah sie mit seinen dunklen Augen an und bewegte die Lippen.

Ulla beugte sich über ihn. Ihr Ohr berührte seine Nase.

„Weißer Mercedes“, hauchte er und ein weiteres Wort, das sie nicht verstand.

„Ein weißer Mercedes“, wiederholte sie tonlos.

Emil nickte. Erschöpft schloß er die Augen.

Ulla küßte vorsichtig seine kratzige Backe.

„Ich muß jetzt gehen, Opa. Morgen besuch’ ich dich wieder.“

Emil reagierte nicht.

Leise verließ Ulla das Intensivzimmer und schritt durch den Flur. Dabei folgten ihr die Blicke der Männer im Bademantel, die vor dem Fenster rauchten.

Auf der Wache platzte Ulla mitten in den Schichtwechsel. Hinter dem Tresen wimmelte es von olivgrünen Uniformen. Jeder redete mit jedem, niemand beachtete sie.

Ihr Blick fiel auf die Pinwand neben der Tür, die zum Aufenthaltsraum führte. Ein Flugblatt der Gewerkschaft der Polizei rief zu einer Demonstration gegen die Sonderopfer für den öffentlichen Dienst auf. Der Polizeipräsident erinnerte in einem Rundschreiben an das Verbot von Glücksspielen im Dienst, die Lokalzeitung überschrieb eine Gerichtsreportage mit „Polizei zu lange sanft – Lieber früher ein Schlag mit dem Gummiknüppel“. Jemand hatte ein großes rotes Ausrufungszeichen neben die Schlagzeile gemalt und große Teile des Berichts dick unterstrichen.

„Interessant?“

In der Tür zum Aufenthaltsraum stand einer der Beamten, die ihr am Vortag die Nachricht von Emils Unfall gebracht hatten. Er trug ein hellgrünes Uniformhemd mit kurzen Ärmeln, die Jacke hing am Zeigefinger über dem Rücken. Am Hosenbund baumelte die Dienstpistole. Der Mann war Ende zwanzig, braun, trug die mittelblonden Haare sportlich kurz, und seine Augen hatten etwas von einem Fleischbeschauer.

„Ich wollte nur mal fragen, wer meinen Großvater angefahren hat“, sagte Ulla förmlich und versuchte, seinen aufdringlichen Blick zu ignorieren.

„Und ich dachte schon, Sie wollten mich mal besuchen.“

Mit gespielter Enttäuschung zog er einen Ordner aus dem Schrank und legte ihn auf den Tresen.

„Wie war noch mal der Name?“

„Strothkämper. Emil Strothkämper."

Nach einigem Blättern hatte er den Bericht gefunden und las aufmerksam alle drei Seiten.

„Und was wollten Sie jetzt wissen?"

„Wer ihn angefahren hat."

„Den hat überhaupt niemand angefahren, jedenfalls steht hier nichts davon."

„Aber mein Opa hat es mir doch gerade noch erzählt."

Der Beamte sah sie ratlos an und drehte sich dann zur Seite.

„Erwin, komm mal eben", rief er ins Nebenzimmer.

In der Tür erschien der kleine dicke Polizist, der den anderen begleitet hatte.

„Du hast doch den Mopedunfall mit dem alten Mann auf der Ferdinand-Krüger-Straße aufgenommen, oder?"

Der Dicke nickte.

„Und?"

„Habt ihr da Spuren von Fremdeinwirkung festgestellt?"

Der Dicke schüttelte sich heftig. Sein ganzer Körper vibrierte.

„Nä, dat war doch 'n klarer Fall. Regenwetter, Kopfsteinpflaster. Der ist in der Kurve ausgerutscht und hat sich langgelegt..."

„Das Fräulein hier behauptet aber, ihr Opa wär' angefahren worden."

„Aber da war doch niemand da."

Der Blonde verdrehte die Augen.

„Noch nie was von Fahrerflucht gehört?"

„Jetzt halt' mal an dich, Lochner", giftete der andere. „Der komische Opa fährt mit 74 bei dem Wetter noch Moped. So was sollte man von vornherein verbieten. Und dann auch noch blau."

Er durchwühlte eines der Postkörbchen auf der Ablage.

„Hier!“ brüllte er. „Das Ergebnis der Blutprobe. 1,1 Promille. Und damit setzt der Alte sich auf et Moped. Ist doch kein Wunder, dat der sich langgelegt hat.“

Während er sprach, fuchtelte er mit dem Untersuchungsbericht in der Luft.

Lochner wandte sich wieder an Ulla.

„Wie geht es denn Ihrem Großvater? Hier steht, er wär’ schwerverletzt.“

„Er hat einen Schädelbasisbruch und drei gebrochene Rippen. Aber der Doktor meint, er kommt durch.“

Den ausgekugelten Arm hatte sie vergessen.

„So“, triumphierte der kleine Dicke, „und mit diesen Verletzungen hat er Ihnen den Unfallhergang genauestens geschildert?“

Die anderen Polizisten, die der Szene seit dem Gebrüll interessiert folgten, lachten leise.

Ulla spürte, daß ihre Ohren rot wurden.

Das machte sie noch wütender.

„Gesagt hat er fast gar nichts“, zischte sie. „Ich hab’ ihn gefragt, und der hat entweder den Kopf geschüttelt oder genickt.“

Das war auch dem Blonden zuviel.

„Ich glaub’, Sie sollten das nicht ganz so ernst nehmen. Nicht in dem Zustand.“

Er sah Ulla mit einem dieser smarten Blicke an, die sie absolut nicht leiden konnte.

„Aber er hat sogar die Marke erkannt. Es war ein weißer Mercedes“, beharrte sie.

„Vielleicht hat er was ganz anderes gemeint.“

„Und daß gestern einer mit einem weißen Mercedes bei ihm einbrechen wollte, war wohl auch nicht so gemeint, wie?“

Wütend blickte sie um sich.

Es wurde still auf der Wache. Nur der Polizeifunk sabbelte vor sich hin.

„Wer hat wo eingebrochen?“ fragte der kleine Dicke.

Ulla schluckte.

„Gestern abend hat jemand versucht, bei meinem Opa einzubrechen“, begann sie. „Wir waren gerade da und wollten Sachen fürs Krankenhaus holen.“

„Wer ist wir?“

„Mein Freund und ich.“

„Und während Sie im Haus waren, wollte jemand einbrechen? Da muß es drinnen aber still und leise zugegangen sein.“

Für das anzügliche Grinsen hätte Ulla dem Blonden am liebsten eine Ohrfeige gegeben. Sie dachte an die Schlagzeile an der Pinwand und verkniff es sich.

„Haben Sie den Mann gesehen?“ wollte der Dicke wissen.

Ulla schilderte kurz den weiteren Ablauf.

Die Polizisten sahen sich an.

„Eingebrochen hat keiner, gesehen hat keiner was, nur ein Motorradfahrer hat einen Mercedes gejagt, das ist alles.“

Wieder brachte der Dicke mit einem Kopfschütteln seine Fleischmassen in Bewegung.

„Weißt du wat, Lochner? Ich find, die Kinder gukken heutzutage zuviel Fernsehen.“

8

Der Wagen hielt an der mannshohen Mauer, die den Krankenhauskomplex einfaßte. Ein älterer Herr im grauen Einreiher stieg aus, verriegelte die Tür und ging mit ruhigen, festen Schritten über die rote Asche der Auffahrt zur Pforte. Die Ordensschwester telefonierte gerade. Ohne zu zögern, passierte der Mann die Glaskabine.

Es war Nachmittag. Mit ihm gingen andere Besucher über den langen Flur. Kurz vor dem Aufzug überholte ihn ein junger Mann mit einem Rosenstrauß in Cellophan. Eine mollige Fünfzigerin balancierte ein Kuchentablett vor ihm in den Fahrstuhl. Im ersten Stock drückte sie die Tür mit dem Hintern auf und rotierte auf den Flur. Der Rosenkavalier fuhr mit in den zweiten. Er hatte nur Augen für die Blumen und den Sitz seiner Krawatte, den er in der kleinen Scheibe der Fahrstuhltür kontrollierte. Als über der Tür die „2“ aufleuchtete und die Kabine ruckend hielt, stürmte er hinaus und verschwand hinter der Milchglasscheibe mit der Aufschrift „Wöchnerinnenstation“.

Der ältere Herr wandte sich nach links. Auch auf diesem Flur herrschte reger Betrieb. Eine Nonne in weißer Tracht verschwand hinter der Tür zum Baderaum. Eine alte Frau in Straßenkleidern irrte von Zimmer zu Zimmer, bis sie endlich das richtige gefunden hatte. An der Stirnwand saßen zwei Patienten und redeten leise mit ihrem Besuch.

Auf den älteren Herrn im grauen Anzug achtete niemand. Unbemerkt erreichte er das Zimmer mit dem Leuchttäfelchen und trat ohne anzuklopfen ein.

Alle zwanzig Betten ihrer Station waren belegt, morgen sollte Operationstag sein, und ausgerechnet heute hatte sich die Hilfsschwester krank gemeldet. Nur die Schwesternschülerin nahm ihr etwas Arbeit ab, aber machte natürlich auch welche. Sie war erst seit einer Woche auf der Station und entsprechend hilflos.

Der Trubel begann um zwanzig nach drei mit einer Notaufnahme. Ein vierjähriger Junge hatte sich die Lenkstange seines Rollers bei einem Sturz in den Hals gebohrt. Zum Glück war die Schlagader unverletzt.

Das Kind wurde betäubt, die Wunde wurde genäht und verbunden.

Danach hatten sie dem Verkehrsunfall auf 261 den durchgebluteten Verband erneuert und die angeblich verstopfte Drainage des Querulanten von 257 gereinigt.

Halb fünf. Höchste Zeit für die OP-Vorbereitungen. Zuerst der Blinddarm von 256.

Der baumlange Schmied biß die Zähne zusammen, als Schwester Hildegard im Baderaum seinen Bauch schrubbte. Nach dem Abtrocknen bugsierten sie ihn zum Rasieren auf die Pritsche.

Er hatte dichtes, schwarzes Schamhaar, das sich auf dem Bauch kaum lichtete.

Schwester Hildegard schob die Genitalien des Schmiedes beiseite, um die Blinddarmgegend freizuschaben. Dem Glied schien es am alten Platz besser gefallen zu haben. Es kullerte nach rechts zurück und blieb in bedrohlicher Nähe des Rasiermessers liegen. Dem Patienten standen Schweißtropfen auf der Stirn.

„Halt mal eben“, bat die Schwester, und die Schülerin hob den Störenfried mit spitzen Fingern hoch. Als der gesamte rechte Unterbauch weiß leuchtete, ließ sie ihn erleichtert plumpsen.

Für den Einlauf mußte der Lange aufstehen und sich etwas bücken. Er hatte Angst. Schwester Hildegard war zu lange in diesem Job, um sich davon irritieren zu lassen. Sie schob den Schlauch durch den zusammengekniffenen Schließmuskel und hängte die Kanne mit der Flüssigkeit an die Klotür. Das seifige Wasser sauste in die Därme des Patienten. Er sah seinen Bauch vortreten, wurde blaß und sackte seitlich weg. Seine Stirn schlug auf die Kloschüssel, blutete.

„Scheißtag heute“, fluchte die Schwester.

Zu zweit hievten sie ihn auf das Klosett und warteten, bis er sich entleert hatte. Dann stellten sie ihn noch einmal unter die Dusche.

Im OP wurde die Platzwunde, die Schwester Hildegard notdürftig versorgt hatte, später genäht. Als die Schwester den Schmied endlich wieder in seinem Bett hatte, warf sie noch einen Blick auf den angeschlagenen Riesen. Seine Frau wird Augen machen, wenn der morgen nach der Blinddarmoperation mit verbundenem Kopf im Bett liegt, dachte sie beim Hinausgehen.

Vor dem Aufzug wartete ein Patient im rot-blau-gestreiften Bademantel. Der ältere Herr trat hinzu, tippte auf das Knöpfchen und wartete.

„Ich hatte schon gedrückt“, erklärte der Patient wichtig.

Tatsächlich hielt der Fahrstuhl im gleichen Augenblick. Der Mann im Bademantel hielt dem anderen die Tür auf. In der Kabine drückte der Besucher auf „E“.

Der Aufzug zuckelte abwärts.

Es war Hauptbesuchszeit. Bevor einer der beiden die Fahrstuhltür öffnen konnte, wurde sie von außen aufgezogen. Sie hatten Mühe, sich durch die hereindrängenden Menschen zu quetschen.

Der ältere Herr verzog das Gesicht und faßte sich an die Hüfte. Vorsichtig zupfte er an seiner Anzugjacke und ging kopfschüttelnd Richtung Pforte.

Ein Mann stand vor der Scheibe und meldete das angeforderte Taxi zur Stelle. Die Wanduhr zeigte viertel nach vier.

Der Besucher verließ das Elisabeth-Hospital sieben Minuten, nachdem er es betreten hatte.

Als Schwester Hildegard die Tür zum Intensivzimmer öffnete, fiel ihr Blick auf die grüne Null und den weißen, waagerechten Strich auf dem kleinen Bildschirm. Sie kehrte auf dem Absatz um und rannte ins Schwesternzimmer.

Dort saß die Schwesternschülerin mit übereinandergeschlagenen Beinen, den Kopf an die Wand gelehnt.

„Ruf' sofort den Doktor! Auf 267. Aber schnell!“ befahl sie und verschwand mit dem Notfallbesteck unter dem Arm.

Der Patient im Intensivbett wirkte fahl und eingefallen. Er atmete nicht mehr. Am Handgelenk konnte die Schwester keinen Pulsschlag fühlen. Ohne Hoffnung legte sie den Ambo-Beutel an, eine Maske mit Luftballon zur künstlichen Beatmung.

Als Ilona kam, begannen sie mit der Herzmassage. Aber auch heftigste Anstrengungen bewirkten nur ein müdes Auf und Ab der Linie auf dem Bildschirm.

Sie waren erleichtert, als der Arzt ins Zimmer stürzte.

„Defibrilator", sagte er nach einem Blick auf das EKG.

Schwester Hildegard holte das Gerät mit den beiden Handgriffen und der Metallplatte, schmierte eine Paste auf die Elektroden und reichte sie dem Doktor, während die Schülerin weiter beutelte.

„Hundert Milli-Ampère."

Schwester Hildegard stellte den Wert ein.

Ein Piepen zeigte an, daß der Apparat lief. Als die gewünschte Stromstärke erreicht war, versiegte das Geräusch.

Der Doktor preßte die Griffe mit den Elektroden auf den Brustkorb des Patienten, rechts oberhalb der Brustwarze, links am Ende der Rippen. Mit zwei Knöpfen löste er den Stromstoß aus. Der Körper zuckte zusammen und bäumte sich auf.

Auf dem Bildschirm jagte die Linie auf und ab, beruhigte sich dann aber schnell und wurde wieder zum waagerechten Strich.

„Zweihundertfünfzig."

Wieder das Piepen, bis der Wert erreicht war.

Diesmal zuckte der Körper heftiger, die EKG-Linie brauchte länger, um bei Null einzupendeln.

„Fünfhundert."

Als das schier endlose Piepen verstummte, preßte der Arzt noch einmal die Elektroden an, löste den Stromstoß aus.

Der Oberkörper des Patienten richtete sich auf, die grünen Zahlen der Digitalanzeige spielten verrückt, über den Bildschirm zuckten Blitze.

Nach wenigen Sekunden war das Feuerwerk vorbei. Der Körper lag leblos auf dem Krankenbett.

„Exitus", murmelte der Doktor.

Schwester Hildegard bekreuzigte sich. Die Schwesternschülerin weinte.

Wahrscheinlich hat sie noch keinen Menschen sterben sehen, dachte die Schwester, legte den Arm um Ilonas Schultern und führte sie ins Schwesternzimmer.

Als sie nach wenigen Minuten ins Intensivzimmer zurückkehrte, stand der Arzt am Fußende des Bettes und kaute auf seinem Kugelschreiber.

„Was grübeln Sie denn solange, Dr. Böhmer?"

„Nichts", sagte der Arzt und kaute weiter.

„Stimmt irgend etwas nicht?"

„Mmmh", brummte er. „Haben Sie heute mittag die Temperatur gemessen?"

Er tippte mit dem Kuli aufs Krankenblatt.

„36,8?"

„Nein, das war die Schülerin", antwortete sie unsicher. „Warum fragen Sie?"

„Komisch", murmelte der Arzt, „der Puls ist normal geblieben, die Elektrolyte sind in Ordnung... Das spricht nicht gerade für einen zentralen Hirntod."

Er legte das Blatt beiseite und paradierte vor dem Bett, die Hände in den Kitteltaschen.

„Andererseits, was sollte es sonst sein?"

Er sah die Schwester an, als ob er von ihr eine Antwort erwartete.

„Offensichtlich hat das Hirn doch was abbekommen bei der Schädelfraktur, und dann ... Massenblutung ... Exitus."

Er schien mit seiner Antwort nicht besonders zufrieden zu sein und blieb am Kopfende des Bettes stehen.

Auf der Stirn des Toten glänzten zahllose Schweißtröpfchen. Dr. Böhmer schlug die Decke zurück. Der Leichnam war naßgeschwitzt.

Er holte noch einmal das Krankenblatt, kaute wieder.

„Aber die Spritzen haben Sie heute selbst gesetzt?" fragte er unvermittelt.

Die Schwester sah ihn verständnislos an.

„Sicher, Herr Doktor."

„Wegen des Schweißes. Der tritt normalerweise nur bei Unterzuckerung auf, und die bekommt man als Nicht-Diabetiker durch Insulin."

Gemeinsam gingen sie in den Verordnungsraum und prüften die Pläne, aber sie konnten keinen Fehler entdecken. Nicht dem Intensivpatienten, sondern dem Diabetiker im Nachbarzimmer waren mittags 48 Einheiten Depot-Insulin gespritzt worden. Der Verstorbene hatte die vorgeschriebene Dosis Tagamet erhalten. Eine Verwechslung war ausgeschlossen, denn die Insulin-Spritzen waren wesentlich kleiner als andere.

„Gelobt sei Jesus Christus", flüsterte Schwester Hildegard und schloß die Augen. Sie arbeitete seit achtzehn Jahren im Elisabeth-Krankenhaus, und die Mutter Oberin wußte, was sie an ihr hatte.

9

Ulla stocherte in dem Brathering herum, der, wie Hunderte andere vor ihm, kopflos, braun und faltig auf ihrem Teller lag.

Das Abendessen hatte schon mit einer Szene begonnen. Sie war fünf Minuten zu spät am Tisch erschienen und mitten in Vaters „Komm, Herr Jesus, sei Du unser Gast" geplatzt.

Bei Schultes wurde pünktlich um sieben Uhr, beim ersten Schlag der Wanduhr, gegessen; nicht mit gewaschenen Händen an seinem Platz zu sitzen, galt als Provokation.

Sie überhörte Vaters Räuspern und erzählte ihrer Mutter, was sie im Krankenhaus und bei der Polizei erlebt hatte. Als sie die Typen von der Dahlhauser Wache als miese Bullen bezeichnete, legte ihr Vater sein Besteck geräuschvoll auf den Teller.

„Also, Ursula“, begann er und hielt eines seiner gefürchteten halbstündigen Referate über Pflichterfüllung und deutsches Beamtentum.

Ob er das etwa Pflichterfüllung nenne, wenn die Polizei wichtige Aussagen zur Aufklärung eines Unfalls überhaupt nicht zur Kenntnis nähme, wollte sie wissen.

Aber natürlich hatte die Polizei immer recht. Zum Schluß verbot er ihr, die Beamten weiter zu belästigen, weil das schließlich auf ihn zurückfiele.

Als sie ihn fragte, ob ihm schon einmal aufgefallen wäre, daß seine Tochter inzwischen erwachsen sei und er ihr gar nichts mehr verbieten könne, wollte er ihr sogar weitere Besuche im Krankenhaus untersagen.

„Erich, das ist doch nicht dein Ernst“, entrüstete sich sogar ihre Mutter.

„Warum? Seit sie mit ihm verkehrt, macht sie uns doch nur Schwierigkeiten.“

In das darauffolgende Schweigen schrillte das Telefon wie eine Straßenbahn.

Ihre Mutter stand auf und ging in die Diele.

Ulla sah ihren Vater aus den Augenwinkeln an. Er war wie an jedem zweiten Donnerstag wieder beim Friseur gewesen. Der Schnitt ließ in ihr Erinnerungen an Theo Lingen wach werden. Die kleinen anliegenden Ohren machten sein ohnehin nicht breites Gesicht noch schmaler.

Ihr Vater aß.

Mit dem Messer zerschnitt er die kalt gewordenen Salzkartoffeln und führte sie mit knappen, eckigen Bewegungen zum Mund.

Ihre Mutter kam aus der Diele, setzte sich an ihren Platz und schwieg. Ulla sah, wie ihre Schultern zuckten.

„Was ist mit dir, Mutti?“

„Erika, wer war das am Telefon?“

„Das Krankenhaus“, schluchzte sie los. „Vater... heute nachmittag..., und ich bin nicht einmal dagewesen!“

Sie weinte fassungslos.

Ulla stand auf. Sie bewegte sich wie im Traum, langsam und gleitend. Wie in Zeitlupe ging sie in ihr Zimmer und legte sich auf ihr Bett. Tränen hatte sie keine.

Als sie nach zwei Stunden das Eßzimmer wieder betrat, bereiteten ihre Eltern schon die Beerdigung vor.

„Weißt du übrigens, ob er eine Sterbeversicherung hatte?" fragte ihr Vater.

Ulla verließ den Raum sofort wieder und weinte in ihrem Bett, bis sie einschlief.

Am nächsten Nachmittag kam der Bestatter, um mit ihnen alle Einzelheiten der bevorstehenden Beerdigung durchzusprechen. Ullas Eltern hatten sich freigenommen und saßen ganz in Schwarz am Tisch. Der Beerdigungsunternehmer war ein seriöser Sechziger, dessen listige Augen nicht zu seiner professionellen Traurigkeit passen wollten. Auch er trug einen schwarzen Anzug. Mit ihren roten Jeans und dem blau-weißen Ringelpulli wirkte Ulla in dieser Runde wie ein Papagei im Krähenschwarm.

Nachdem ihre Eltern anhand eines Kataloges den Sarg, das Kissen und das Totenhemd ausgesucht hatten, sprachen sie über die Trauerfeierlichkeiten.

Totenbriefe kamen nicht in Frage, denn es gab keine Adressen, an die sie hätten verschickt werden können. Von einer Zeitungsanzeige wollte ihr Vater auch nichts wissen.

„Opa hatte bestimmt Freunde und Bekannte, deren Adressen wir nicht kennen. Wenn nichts in der Zeitung steht, wissen die nicht mal, daß er tot ist", wandte Ulla ein.

„Eigentlich hat das Kind recht, Erich", meinte ihre Mutter und erkundigte sich beim Bestatter nach den Preisen.

„Für dreihundert Mark bekommen Sie schon eine repräsentative Größe", erklärte der gewinnend.

In seiner Mappe steckte ein Heft mit den Mustern.

„Die hier hat Dr. Westermann beim Tod seiner Mutter aufgegeben. Dreihundertundzwanzig Mark."

„Und kleinere? Viel Text braucht es ja nicht zu sein."

Der Bestatter blätterte in seinem Musterheft.

„Diese Größe hier ist siebzig Mark preiswerter, Herr Schulte. Aber ich weiß nicht, finden Sie die nicht auch etwas klein für Sie?"

Der Beerdigungsunternehmer hatte den Punkt getroffen. Ihr Vater bestellte die Anzeige für dreihundertzwanzig Mark, und auch vom Text her hielt man sich an die Vorlage aus dem Katalog.

„Den genauen Beerdigungstermin setze ich ein, sobald ich mit dem Pfarrer gesprochen habe", sagte der Bestatter zufrieden. „Welcher Konfession gehörte Ihr Schwiegervater denn an?"

Betretenes Schweigen.

„Mein Opa war nicht in der Kirche", antwortete Ulla schließlich und zog sich einen zornigen Blick ihres Vaters zu.

„Kein Problem", sagte der Beerdigungsunternehmer schnell. „Ich stehe in Kontakt mit einem hervorragenden Redner vom Freidenkerverband. Den habe ich schon oft reden hören. Der ist besser als mancher Pastor, sage ich Ihnen."

Ihr Vater sah den Bestatter an. Sein Mund stand halb offen. Er brauchte zwanzig Sekunden, um die verlorene Fassung wiederzufinden. Dann tobte er los.

„Redner vom Freidenkerverband! Das kommt doch überhaupt nicht in Frage. Hören Sie mal, ich bin Mitglied des Presbyteriums der evangelischen Kirchengemeinde. Ich arbeite bei der Inneren Mission."

„So war das doch nicht gemeint", wand sich der Beerdigungsunternehmer und versuchte zu retten, was zu retten war.

„Ich werde gleich morgen mit dem Pfarrer sprechen. Die Evangelischen nehmen es ja nicht so genau."

„Bemühen Sie sich nicht!“ zischte Ullas Vater. „Mit Pfarrer Meisenburg rede ich persönlich.“

Auf seinen Backen bildeten sich kleine rote Flecken.

„Außerdem möchte ich noch ein Bibelwort in die Anzeige nehmen. Und zwar Psalm 23, Vers 9.“

Er sah erwartungsvoll in die Runde, aber weder Ulla noch ihre Mutter erwiderten etwas.

„Und ob ich auch wandere im finsteren Tal, fürcht’ ich kein Unglück. Denn du bist bei mir. Dein Stecken und Stab trösten mich“, deklamierte er.

„Ein wunderschöner Psalm“, meinte der Bestatter. „Nur reicht der Platz dafür nicht aus.“

„Dann nehmen wir eben eine größere Anzeige“, bestimmte Ullas trauernder Vater.

10

Noch einmal im Krankenhaus anzurufen, wagte er nicht. Er mußte abwarten und blieb deshalb im Haus. Den ganzen Tag verließ er das Gebäude nicht.

Dabei mußte er dringend zurück. Zu Hause brauchte man ihn. Aber es half nichts. Er saß hier fest. Er hatte sich die Lesezirkelmappe mit auf sein Zimmer genommen und las die Zeitschriften von vorn bis hinten durch. Dann ging er zu Bett und schlief ziemlich unruhig.

Am nächsten Morgen war er schon um sechs unterwegs und suchte die menschenleere Innenstadt nach einem geöffneten Zeitungskiosk ab. Am Bahnhof kaufte er die WAZ, fand aber nicht, wonach er suchte. Dann besorgte er sich die „Ruhrnachrichten“, obwohl er nicht glaubte, daß er dort fündig werden würde. Hastig blätterte er die Zeitung durch.

Fehlanzeige.

Er schlich an den Regalen der Bahnhofsbücherei vorbei. Bloß keinen Krimi! dachte er, erstand dann aber doch einen Simenon und kehrte ins Hotel zurück.

Am nächsten Morgen ging er sofort zum Bahnhof. Im Strom der Angestellten, Schüler und Verkäuferinnen, der aus den U-Bahnschächten quoll, durch die Halle trieb und auf die S-Bahnsteige schwappte, fühlte er sich sicher.

Die WAZ brachte drei Seiten Beerdigungsanzeigen. Er überflog die Namen neben den Kreuzen und fand schon bald die Anzeige.

„An den Folgen eines tragischen Unfalls…“, las er, wunderte sich über den Bibelspruch, warf die Zeitung im Vorbeigehen in einen der Abfallkübel und strebte dem Südausgang zu.

Viel war nun nicht mehr zu tun.

11

Ulla hörte sich nicht gut an am Telefon. Sie war kleinlaut und deprimiert.

„Ich hol’ dich in zwanzig Minuten ab, dann fahren wir ’n bißchen raus“, bestimmte Jimmy und stand zehn Minuten später vor dem kastigen Neubau.

Ulla sah genauso aus, wie er sie sich am Telefon vorgestellt hatte. Ihr Gesicht war käsig, unter den Augen hatten sich dunkle Ränder gebildet.

„Komm, setz mal den Helm auf. Ich kann das Elend nicht mehr sehen“, versuchte er zu flachsen.

Es war noch einmal warm geworden an diesem Septembersamstag. Überall in den Gärten waren Leute bei der Arbeit, auf den Bänken saßen einige Rentner in der Sonne. Von der Hattinger Ruhrbrücke aus beobachteten sie zwei Segler, die auf dem breit aufgestauten Fluß kreuzten. Auf den Wiesen am Ufer rupften die Kühe das letzte frische Gras ab.

Nach wenigen Minuten hatte die Suzuki die von einem riesigen Kaufhaus verschandelte Hattinger Altstadt passiert. Jimmy überholte noch drei Lastwagen, die zur Autobahn Richtung Wuppertal donnerten, dann lenkte er die Maschine nach rechts. „Elfringhauser Schweiz“, stand auf dem weißen Hinweisschild, und Jimmy fand das nicht übertrieben.

Die Straße war nicht mehr als fünf Meter breit, kurvenreich und herrlich zu fahren. Über sonnige Hänge preschten sie bergan, tauchten in den Schatten der Buchen auf den Kuppen, um im nächsten Moment in ein grünes Tal mit verstreuten Fachwerkhöfen zu schießen. Ein feiner, milchiger Schleier lag über dem Tal und ließ es noch sanfter erscheinen.

Wenige Autos begegneten ihnen, ab und zu ein Traktor, der den geernteten Mais zur Miete schleppte. Vor den Gasthäusern standen leere Gartentische, an denen sich am Sonntag die Ausflügler drängeln würden. Die Wirte, deren Teiche vom Felderbach gespeist wurden, priesen frische Forellen aus eigener Zucht an.

Jimmy bremste und hielt vor einem Kotten.

„Pflaumen, Pfund 40 Pf.“

Er kaufte zwei Pfund.

Weiter oben stieg die Straße an und verengte sich. Sie ließen die Ausflugslokale hinter sich zurück, die Fachwerkhäuser wurden seltener. Jimmy lenkte die Maschine in einen Feldweg, der sich den Hügel hinaufschlängelte. Der Bach lag bereits im Schatten, während hier oben die Sonne noch den Ruhrsandstein wärmte. Sie hockten sich auf den Boden und schnippten die Pflaumensteine weit über die Wiese. Ihre Helme lagen im Gras, das Motorrad lehnte an einem Weidezaun.

Jimmys Augen suchten den Horizont im Norden ab. Vom Ruhrgebiet mit seinen sechs Millionen Einwohnern konnten sie nichts mehr entdecken. Der Bergbau war aus dem Ruhrtal, wo er einst entstanden war, längst an die Emscher gewandert, und nur weil er es wußte, brachte Jimmy den diesigen Streifen Himmel über den Hügeln damit in Zusammenhang.

Die Pflaumen waren vollreif. Ulla und Jimmy rieben

den stumpfen Belag an ihren Hosen ab und stopften die violett glänzenden Früchte in sich hinein. Als die Sonne hinter den Masten des Langenberger Senders wegtauchte, war die Tüte leer. Vom Felderbach stieg Nebel auf.

„Soll ich mitkommen zur Beerdigung?“ durchbrach Jimmy ihr Schweigen.

„Stehst du auf so was?“

Er schnaufte.

„Das nicht gerade. Aber ich fand ihn stark, deinen Opa.“

„Kriegst du denn dafür frei?“

„Nä, muß ich ’n Tag Urlaub für nehmen.“

„Dann geh’ lieber arbeiten. Nachher macht mein Alter noch Ärger wegen dir. Und dazu hab ich wirklich keine Lust.“

Sie lehnte sich an ihn und strich über seinen Kopf.

Sie schwiegen noch eine Weile und fuhren dann zurück.

Es war dunkel im Tal, der Lichtkegel der Maschine griff über den Asphalt. Nur in den Kurven drang er durch die Büsche bis zum Bach, dessen Lauf die Straße folgte.

In der Friedhofskapelle war es kühl. Die Trauergemeinde, die vor wenigen Minuten zögernd Platz genommen hatte, fror.

Es waren nicht viele gekommen, die Emil Strothkämper auf seinem letzten Weg begleiten wollten. Man konnte sie an zwei Händen abzählen.

In der ersten Reihe saß Erich Schulte mit Frau und Tochter. Er hatte vom Eingang ein Gesangbuch mitgenommen, in dem er jetzt aufmerksam las.

Seine Frau betrachtete die Kränze auf den Ständern neben dem Sarg. Ihr eigener war so geworden, wie sie es sich vorgestellt hatte. Vierzig weiße Gladiolen zierten die obere Hälfte des Fichtenkranzes und bildeten einen scharfen Kontrast zu den schwarzen Schleifen, auf die sie die Abschiedsworte „Als letzter Gruß von Deinen Kindern“ in Goldlettern hatte drucken lassen. Der Kranz hatte achtzig Mark gekostet und hätte völlig ausgereicht, wenn da nicht zwei weitere Beweise des Leistungsvermögens deutscher Blumenbindekunst gehangen hätten.

Der eine war fast doppelt so groß und bestand aus blauen Lilien und gelben Rosen, die das ganze Rund bedeckten und keinen Platz für billiges Tannengrün ließen.

„Ruhe sanft“ stand auf einer der Schleifen, auf der anderen „Trinkhalle Erna Skomrock und Kunden“.

Der dritte Kranz war noch größer ausgefallen. Hundert rote Nelken steckten in seinem Grün, die Schleifen waren blau-weiß gestreift.

Erika Schulte brauchte nicht zu buchstabieren, um die Inschrift entziffern zu können. „Vereinigung der Verfolgten des Naziregimes“ stand auf der einen und „Unserem Kameraden Emil Strothkämper“ auf der anderen.

Sie sahen sich verstohlen um. Drei Reihen hinter ihnen saß eine ältere Frau im schwarzen Mantel und redete leise mit ihrem Nachbarn, einem Gleichaltrigen, der in einem verknitterten anthrazitfarbenen Anzug steckte. Der andere Begleiter der Frau war wesentlich jünger. Er trug einen Popelinemantel mit schwarzer Armbinde und konnte seine Hände nicht ruhighalten.

Um die dritte Gruppe zu entdecken, mußte sie sich fast ganz herumdrehen. An der Eingangstür saßen drei alte Männer in billigen, dunklen Anzügen. Der in der Mitte hielt eine zusammengerollte Fahne zwischen den Knien. Sein Nebenmann starrte in den Hut auf seinen Schenkeln, der dritte schaute neugierig zu ihr hinüber.

Die Orgel setzte ein, und der Pfarrer betrat die Halle. Er war noch recht jung, trug einen gepflegten Vollbart, das Haar auf seinem Kopf hatte sich schon deutlich gelichtet. Erich Schulte, die Frau aus der dritten Reihe und er sangen “Ein’ feste Burg ist unser Gott“.

„Liebe Trauergemeinde“, begann der Pfarrer seine Ansprache. Dabei ließ er seinen Blick von Gruppe zu Gruppe wandern. „Wir nehmen heute Abschied von unserem Bruder Emil Strothkämper, den Gott der Herr im Alter von 75 Jahren heimgenommen hat in sein himmlisches Reich. Seine Familie hat für den heutigen Tag die Worte des 23. Psalms gewählt. Welche Gewißheit spricht aus den Versen des Sängers! ‚Und ob ich auch wandere im finsteren Tal, fürcht’ ich kein Unglück, denn du bist bei mir. Dein Stecken und Stab trösten mich.‘ Können wir alle, die wir uns hier versammelt haben, unserer Sache genauso sicher sein? Konnte unser Bruder Emil Strothkämper das?“

Sein Blick traf den Presbyter in der ersten Reihe und ruhte lange auf ihm.

Erich Schulte schlug die Augen nieder.

„Emil Strothkämper war kein besonders gläubiger Mensch, liebe Trauergemeinde. Und wenn wir wahrhaftig sind, wie Jesus Christus es gelehrt hat, müssen wir uns eingestehen, daß er weder an Gott, den Herren, noch an seinen eingeborenen Sohn geglaubt hat.“

Die Stille, die nach diesen Worten eintrat, war vollständig. Ulla hörte zu schluchzen auf. Erna Skomrock raschelte nicht mehr mit den Gesangbuchseiten, und ihr Nachbar vergaß für einen Moment, an seinem Popelinemantel herumzufummeln.

„Dennoch könnten die Worte des Psalmsängers auch über dem Leben des Vonunsgegangenen gestanden haben“, fuhr der Pastor fort.

„Unser Bruder Emil Strothkämper ist durch ein finsteres Tal gegangen. Es war die Nacht des Faschismus, die sich für zwölf lange Jahre auf unser Land gelegt hatte. Ein Mann unserer Kirche, Martin Niemöller, sagte später: ‚Als die Nazis die Kommunisten holten, habe ich geschwiegen, ich war ja kein Kommunist. Als die

Nazis die Sozialdemokraten holten, habe ich geschwiegen. Ich war ja kein Sozialdemokrat. Als die Nazis die Katholiken holten, habe ich geschwiegen. Ich war ja kein Katholik. Als die Nazis mich holten, war da keiner mehr, der protestieren konnte.‘ Emil Strothkämper, liebe Trauernde, gehörte nicht zu den Schweigsamen. Ihn holten die Antichristen als ersten, und nur sein unerschütterlicher Glaube an den Triumph des Guten über das Böse half ihm, aufrecht zu gehen in jener Nacht. Menschen unterschiedlichen Glaubens gingen damals gemeinsam diesen Weg. Und so wird es auch heute sein, wenn wir ihn auf seinem letzten Gang begleiten.“

Der Pfarrer wandte sich dem Sarg zu, sprach ein kurzes Gebet und kündigte dann das nächste Lied an.

Nichts geschah.

Der Organist saß mit offenem Mund auf seiner Bank. Erst als der Pastor mit fester Stimme wiederholte: „Wir singen jetzt Lied 36, die Verse eins, drei und fünf!“ griff er hastig in die Tasten.

Wieder sangen die drei allein, aber kräftig.

Als die letzte Strophe verklungen war, verließ der Pfarrer die Kapelle. Die Trauergemeinde folgte ihm.

Sechs leidlich dunkel gekleidete Rentner traten ein und hievten den Sarg auf die Lafette. Dahinter schritt der Pfarrer mit den Angehörigen, deren Kranz auf dem Sarg thronte.

„Die kriegen ihr mickriges Ding gefahren, und wir müssen unser Monstrum schleppen“, flüsterte einer der beiden Alten, die den Kranz mit den Nelken trugen. Der Dritte hatte die Fahne ausgerollt, trug das blauweiß gestreifte Tuch mit dem roten Winkel der politischen Häftlinge vor sich her.

Die Lafette erreichte das mit grünen Matten ausgelegte Grab. Die Rentner ließen den Sarg auf die Rundhölzer sinken, hoben ihn mit drei Tauen an. Hinter dem Erdhügel tauchte der Bestatter auf und zog die Hölzer weg. Die Seile glitten durch die Hände der Träger, der

Sarg verschwand wackelnd in der Gruft. Die Rentner legten die Stricke ab, zogen ihre weißen Handschuhe aus, warfen sie ins Grab, verneigten sich und verschwanden.

„Also, spricht Gott, der Herr: Von Erde bist du genommen, zu Erde sollst du wieder werden. Asche zu Asche, Staub zu Staub."

Der Pfarrer war an den Erdhügel getreten, in dem eine Kinderschippe steckte. Bei den Worten Erde, Asche und Staub schaufelte er etwas Lehm ins Grab.

Nachdem der Pastor ihnen das Beileid ausgesprochen hatte, trat Familie Schulte an das Grab. Mutter und Tochter hatten sich untergehakt, ließen weiße Sträuße in die Grube fallen und traten beiseite. Erich Schulte betete lange mit geschlossenen Augen. Erst als neben ihm die blau-weiße Fahne auftauchte, drehte er sich hastig um.

Die drei Alten hatten in den letzten Jahren viele ihrer Kameraden zu Grabe getragen. Sie kannten sich aus. Die beiden Kranzträger traten vor und legten ihre Last auf die Spitze des Erdhügels, wo die roten Nelken weithin leuchteten. Sie zupften die Schleifen glatt und nahmen Haltung an, als der dritte die Fahne langsam ins Grab senkte, bis sie den Sarg berührte.

„Liebe Familie Schulte, liebe Kameraden", begann er, nachdem er die Fahne seinem Nachbarn in die Hand gedrückt hatte. Er war aufgeregt, wußte nicht, wo er seine Hände lassen sollte, nestelte am Revers seiner Anzugjacke, an dem er ein kleines Abzeichen des Lagerkomitees Sachsenhausen trug.

„An diesem offenen Grabe möchte ich einen Vers des großen deutschen Dichters Bert Brecht vortragen, den er für Menschen wie Emil Strothkämper geschrieben hat."

Der Alte fuhr mit der Hand in die ausgebeulte Jakkentasche, zog einen vergilbten Zeitungsausschnitt heraus, merkte erst jetzt, daß er seine Brille nicht aufgesetzt hatte, fand sie nach umständlichem Suchen in einer Tasche seines Jacketts, setzte sie mit einer Hand auf und las:

„Die Schwachen kämpfen nicht.
Die Starken kämpfen vielleicht eine Stunde lang.
Die noch stärker sind,
kämpfen viele Jahre.
Aber die Stärksten kämpfen ihr Leben lang.
Diese sind unentbehrlich."

Die drei Alten wandten sich dem Grab zu, standen in einer Reihe und grüßten mit erhobener Faust.

Dann gingen sie auf die Familienangehörigen zu und kondolierten. Erich Schulte bedankte sich säuerlich. Es schien, als fürchtete er, die drei von Erna Skomrocks Trinkhalle, die jetzt am Grab standen, könnten auch noch eine Rede halten. Das blieb ihm aber erspart, nicht jedoch ein erneutes Defilee.

Als alle Hände geschüttelt waren, atmete er tief durch und führte die Seinen zum Wagen.

Die anderen beiden Gruppen standen ratlos am Friedhofstor.

„Kommt, Jungens, wir geh'n bei mir anne Bude", lud die Frau ihre Begleiter ein. „Wenn die sich so knickrig anstellen, geb' ich euch ein' aus."

Die drei trotteten in Richtung Bushaltestelle.

Die andere Gruppe hatte inzwischen eine offene Kneipe erspäht und steuerte, die zusammengerollte Fahne geschultert vorneweg, geradewegs darauf zu.

Vom Wagen aus sah Ulla Schulte sie im Eingang verschwinden.

„Ich komm' später", sagte sie zu ihren Eltern und folgte den Männern.

Wie meist am frühen Abend war das Oblomow brechend voll. Die Luft bestand zu einem hohen Prozentsatz aus dem Rauch der Selbstgedrehten, es roch nach Pizza, Bier und Schweiß.

Ulla und Jimmy fanden zwei leere Stühle an einem der großen Tische. Nach zehn Minuten bemerkte die kellnernde Studentin sie, kam an ihren Tisch und nahm ihre Bestellung entgegen. Für das Eintreffen der Altbierbowle nach einer weiteren Viertelstunde war damit gesorgt. Die Musik gefiel den beiden nicht schlecht, die Einrichtung war seit zehn Jahren unverändert gemütlich, das Essen gut und preiswert. Im „Oblomow" traf man sich, wenn man zwischen sechzehn und fünfundzwanzig war. Später am Abend tauchten für gewöhnlich auch ältere Semester auf, die bei der Eröffnung der Kneipe das Stammpublikum gebildet hatten. Sie tranken in einer Stunde mehr als die Jüngeren am Tag und debattierten lautstark über die Fehler des linken Flügels der Jusos, die vor acht Jahren zum Parteiausschluß des damaligen Vorsitzenden geführt hatten.

Während sie auf ihr Bier warteten, erzählte Ulla ihrem Freund von der Beerdigung.

„Bei der Predigt in der Kapelle hättest du meinen Alten sehen müssen. Wenn es nicht so traurig wäre, hätte ich mich abgerollt."

Sie versuchte, den verkniffenen Gesichtsausdruck ihres Vaters zu imitieren.

„Und woher wußte der Pastor soviel von deinem Opa?"

„Von der VVN."

Jimmy sah sie ratlos an.

„Das ist der Verein, wo er immer hingegangen ist, wenn wir den Schlüssel hatten."

„Und was bedeutet die komische Abkürzung? Vreiwillige Veuerwehr Niederwenigern?"

„Blödmann", schimpfte Ulla und knuffte ihn in die Rippen. „Das heißt Verein der Nazi-Verfolgten... oder so ähnlich."

„Und was hat der Pastor mit denen zu tun?"

„Das hab' ich die drei, die auf der Beerdigung waren, auch gefragt. Ich bin nämlich mit denen noch in der Kneipe gewesen."

Sie fing Jimmys Seitenblick auf.

„Guck nicht schon wieder so komisch. Der jüngste war zweiundsiebzig. Jedenfalls haben die erzählt, daß sie den Pfarrer aus der Friedensbewegung kennen. Da müssen sie ihm das wohl gesteckt haben."

Die Kellnerin stellte die Altbierkrüge mit den Dosenfrüchten auf den gescheuerten Holztisch.

Jimmy stocherte mit dem langen Löffel in der Bowle, fischte ein Ananasstück heraus und balancierte es in den Mund.

„Meinst du, der kriegt Schwierigkeiten?"

Ulla leckte den klebrigen Schaum vom ersten Schluck von den Lippen.

„Dafür sorgt mein Alter schon", schnaufte sie. „Aber der Typ rechnet wohl damit. Er hätte keine Lust, für frömmelnde Spießer den Medizinmann zu spielen, hat er denen von der VVN gesagt."

Sie kramte den Tabak aus ihrer Tasche, drehte eine streichholzdünne Zigarette und rauchte inbrünstig. Seit Emils Unfall war erst eine Woche vergangen, aber die hatte es in sich gehabt: Krankenhaus, Polizeiwache, Friedhof waren die Stationen.

„Und was ist mit dem weißen Mercedes?" fragte Jimmy. Es klang nicht so, als erwartete er eine Antwort von ihr. Am Telefon hatte sie ihm von Emils Aussagen und der Polizei berichtet. Aufgebracht und wütend war sie gewesen – voller Tatendrang. Das war Donnerstagnachmittag gewesen. Kurz darauf kam die Todesnachricht.

„Was soll das denn jetzt noch bringen?" hatte sie gesagt, als Jimmy sie nach der Motorradtour fragte. „Opa ist tot, verstehst du? Davon, daß wir hinter einem weißen Benz herjagen, wird er auch nicht wieder lebendig."

Jetzt nahm sie einen tiefen Zug aus ihrer Zigarette.

„Du hättest doch mit zur Beerdigung gehen sollen", antwortete sie.

„Wieso?"

„Man konnte 'ne Menge lernen. Von dem Pfarrer und den alten Cracks. Ich hab' zum Beispiel gelernt, nicht zu schnell aufzugeben. Du hättest das Gedicht mal hören sollen, das sie am Grab gesprochen haben. Spitze, sag' ich dir!"

Sie versuchte, den Brecht-Text aus der Erinnerung vorzutragen. es wurde eine freie Interpretation.

„Hauptsache, du hast gut zugehört", stichelte Jimmy.

„Hab' ich ja", sagte sie kleinlaut.

„Und?"

„Wir versuchen, rauszukriegen, wer das ist. Der Typ mit dem Mercedes."

Nach einer kleinen Pause fügte sie hinzu: „Aber wie?"

„Nehmen wir mal an", begann Jimmy wichtig, „er hat deinen Opa wirklich umgenietet. Da fragst du dich doch: Warum will einer einen 75 Jahre alten Mann umbringen?" Er sah Ulla forschend an.

„Sagen Sie es, Kommissar Schimanski!" antwortete sie todernst.

Jimmy grinste gequält.

„Wir wissen einfach zu wenig von deinem Opa. Wie er gelebt hat und so. Vielleicht hatte er Feinde."

„Ich hab' dir doch erzählt, wie Opa lebt ... gelebt hat", berichtigte sich Ulla. „Morgens ging er meist zum Arzt. Dann kaufte er ein und brötschelte sich was fürs Mittagessen. Danach hat er zwei, drei Stunden gepennt, und anschließend ist er mit dem Moped rumgefahren; Kaninchenfutter besorgen, alte Kumpels besuchen oder zu Ernas Bude. Abends hing er vor dem Fernsehen oder ist zur Versammlung gegangen."

Ulla trank ihren Krug bis auf einen Alibischluck leer.

„Warum fangen wir nicht da an?“ fragte Jimmy.

„Wo?“

„An der Trinkhalle. Du hast doch gesagt, daß er da oft verkehrt ist.“

„Sicher. Die waren sogar auf der Beerdigung. Aber ich geh’ da nicht hin.“

„Wieso?“

„Wegen der Kerls, die da rumhängen. Ich hab’ keinen Bock, mich von denen anmachen zu lassen.“

„Na gut, dann geh’ ich“, sagte Jimmy. „Und du?“

„Ich geh’ zum Stadtarchiv. Die von der VVN haben mir erzählt, da gäb’ es ein Tonbandinterview mit Opa. Für eine Ausstellung. Verfolgung und Widerstand in Bochum oder so.“

„Meinst du nicht, das ist alles ein bißchen lang her?“

„Irgendwo müssen wir doch anfangen“, fand Ulla.

13

Nach zwei kühlen Herbsttagen war mittags die Sonne wieder aufgetaucht und mit ihr die Männer auf dem Mäuerchen an der Trinkhalle. Sie saßen aufgereiht wie Hühner auf der Stange. Vorne bei den Jüngeren mit kahlgeschorenen Köpfen standen ein paar Mädchen.

Jimmy fuhr langsam an ihnen vorbei, bockte die Maschine an der Bude auf, ging zur Klappe und verlangte eine Flasche Pils.

„Aufmachen darf ich aber nicht“, sagte die Pächterin und wies mit der Nase auf ein Pappschild im Fenster. „Der Verzehr von Alkohol an der Bude ist verboten“, stand darauf in versuchter Blockschrift.

Jimmy besetzte den letzten freien Platz auf der Mauer. Die Sonne wärmte seinen Rücken.Die Mädchen beobachteten ihn aus den Augenwinkeln. Er hielt seinem Nachbarn die Flasche hin.

„Hast du mal n' Siebzehner-Schlüssel?"

Der Kahlköpfige löste den Karabinerhaken von seiner Hose, hatte gleich den Flaschenöffner zwischen Daumen und Zeigefinger, hebelte den Kronkorken hoch, ohne ihn zu knicken, drückte ihn leicht wieder an.

„Bist aber ganz schön im Training", staunte Jimmy.

„Wat denkst du denn?" protzte der andere und genoß seinen Heimvorteil.

Er war ebenso alt wie Jimmy, vielleicht auch ein wenig älter. Schwer zu sagen, bei der Glatze, dachte Jimmy und betrachtete den weißen Schädel seines Nachbarn. Millimeterkurze, rötliche Stoppeln zeichneten die Konturen seines früheren Haarschopfes nach. Zwischen den wadenhohen Fallschirmspringerstiefeln, in denen eine fleckig ausgebleichte Jeans steckte, stand seine Bierflasche. Mit der rechten Hand griff er nach ihr, drückte den Korken im Hochnehmen mit dem Daumen ab, ließ ein Drittel der Füllung in sich hineinlaufen, drückte den Korken wieder an und stellte die Flasche zurück, ohne die Linke aus der Tasche seiner Bomberjacke zu nehmen.

„Hör' mal", begann Jimmy, nachdem er das Kunststückchen gebührend bestaunt hatte, „kennt ihr eigentlich den Emil Strothkämper, der ab und zu hier steht?"

Der nächste Mann in der Reihe, kahlgeschoren wie sein Nachbar, aber einige Jahre älter, wie die tiefen Einschnitte der Geheimratsecken auf seinem Stoppelkopf verrieten, setzte seine Flasche ab. Dann schaltete er den Kassettenrecorder aus. Jäh brach die harte, schnelle Musik ab.

„Stand, meinst du wohl", antworte der andere. „Der ist nämlich unterm Torf."

„Und woher kennst du den?" wollte der ältere wissen.

„Opa von meiner Freundin."

„Emil hat 'n Enkelkind", wunderte sich der Flaschenöffner. „Wußt' ich ja noch gar nich. Wie alt ist die Perle denn, sechsunddreißig?"

Die Mädchen, die gerade noch nach Jimmys Suzuki geschielt hatten, lachten los.

„Oi, Mann!" rief eine, der eine dicke Haarlocke das linke Auge verdeckte.

Es stand 1:0 für den Hausherrn.

„Du müßtest auch mal wieder zum Friseur", versuchte Jimmy zu kontern und nahm vorsichtshalber die Hände aus den Taschen.

Den Skinheads entging das genausowenig wie den Mädchen.

„Bist aber ganz schön nervös für dein Alter", sagte der mit dem Kassettenrecorder trocken und baute seine Führung aus.

Jimmy nahm einen Schluck aus der Flasche und überlegte, wie er dem Typen beikommen könnte.

„Die Story mit dem Unfall kennst du wahrscheinlich auch schon viel länger als ich", versuchte er es wieder.

Die Antwort kam prompt.

„Da kannst du Gift drauf nehmen, Alter. Ich war nämlich den Abend hier."

„Stark", nickte Jimmy. „Nur, daß der Unfall auf dem Weg von hier nach Hause passiert ist. Oder hast du hinten draufgesessen?"

Die Mädchen konnten kaum an sich halten bei dieser Vorstellung. Es stand nur noch zwei zu eins. Und Jimmy blieb in der Offensive.

„Hast du denn auch schon gehört, daß es kein Unfall war?"

„Sicher."

Der Skinhead streckte den Arm aus und schob den Jackenärmel bis zum Ellenbogen hoch. Ein eintätowiertes Kreuz zuckte mit den von der Faust gesteuerten Muskeln.

„Bei dem Wetter als alter Mann Moped fahren, ist glatter Selbstmord."

Er warf einen schnellen Blick auf die Mädchen. Sie grinsten immerhin. Der alte Abstand war wiederhergestellt.

„Knapp daneben ist auch vorbei“, konterte Jimmy. „Das ‚Selbst‘ kannst du ruhig vergessen.“

Es dauerte eine Weile, bis sein Nachbar begriff, und mit den Mädchen klappte es überhaupt nicht. Nur der ältere drehte sofort den Kopf.

„Meinst du, den hat einer umgefahren?“ fragte er.

„Emil hat das jedenfalls gesagt“, erklärte Jimmy großzügig. „Es soll ein weißer Benz gewesen sein.“

Jimmy sah ihn an.

„Den hab' ich gesehen.“

„Also doch hinten draufgesessen“, stöhnte Jimmy theatralisch.

Natürlich fanden die Mädchen das gut. Er hatte gleichgezogen. „Du kannst ja Don Promillo fragen. Der war dabei“, giftete der Skin.

„Wer ist das denn?“

„Er war vorne“, mischte sich eines der Mädchen ein und zeigte auf einen heruntergekommenen Trinker am Ende der Mauer.

„Noch mehr so zuverlässige Augenzeugen hast du aber nicht, oder?“ fragte Jimmy.

Prusten der Mädchen zeigte, daß er in Führung gegangen war.

Aber eigentlich war er nicht hergekommen, um Rededuelle zu gewinnen. Er nahm noch einen Schluck Bier.

„Wo hast du die Karre denn gesehen?“ fragte er ernst.

„Hier an der Bude. Der kam hier vorbei und fuhr hinter Emil her, ehrlich.“

„An die Nummer kannst du dich nicht erinnern?“

Der Skin schabte mit den Fingerkuppen über seine Glatze.

„Der war jedenfalls nicht aus Bochum“, sagte er schließlich.

Nach dem Fahrer zu fragen, erschien Jimmy albern. Es war dunkel gewesen und regnerisch.

„Kannst du dir vorstellen, wer ein Interesse daran hat, Emil umzunieten?“ forschte er statt dessen. „Hat er denn nichts erzählt?“

Die beiden Kahlköpfe sahen sich an.

„Emil erzählt viel, wenn der Tag lang ist“, antwortete der ältere, „olle Kamellen von früher.“

„Und was ist mit heute? Er kann doch nicht bloß von früher erzählt haben.“

„Der schon!“ warf der ältere hin und schaltete die Musik wieder an. Der andere lehnte sich zurück und ließ den Rest Bier in sich hineinlaufen. Mit lässigen Bewegungen stand er auf und brachte die Flasche zur Bude.

Auf dem Rückweg baute er sich vor Jimmy auf.

„Weißt du, was auch n' beliebtes Motiv ist?“

Jimmy sah an ihm hoch.

„Eifersucht“, grinste der Platzherr, drehte sich zu den Mädchen um und griff der Nächststehenden heftig in die Stirnlocke.

Jimmy schwang sich auf die Maschine und ließ seine Wut am Starter aus. Er gab zuviel Gas, und die Maschine schoß heulend auf die Straße.

Der, den sie Don Promillo nannten, kam angeschlurft und trank das stehengebliebene Bier.

Der ältere Skin stand auf, ging zum Bahnhof hinüber und wählte in einer Telefonzelle eine lange Nummer.

14

Das Stadtarchiv war in einem häßlichen Backsteinhaus hinter dem Arbeitsamt untergebracht. Die Ruhrgebietsluft hatte die ehemals roten Ziegel der früheren Schule geschwärzt. Schon von außen wirkte das Gebäude düster und muffig, fand Ulla. Genau wie sie sich den Aufbewahrungsort ausrangierter, staubiger Akten vorgestellt hatte.

Aber der Schein trog. Der Archivar, an den man sie verwies, Dr. Meermann, wollte so gar nicht zu ihrer Vorstellung vom älteren, luftgetrocknenen Herrn im grauen Kittel passen. Meermann war höchstens fünfunddreißig, sportlich, mit etwas längeren schwarzen Haaren und einem Jungengesicht. Statt nach Aktenstaub roch er nach Rasierwasser. Angenehm, fand Ulla.

„Wir haben vor einiger Zeit ein Interview mit Ihrem Großvater gemacht“, bestätigte er freundlich.

„Wann war das noch?“

Er schloß die Augen und massierte die Nasenwurzel mit Daumen und Zeigefinger.

„September einundachtzig, genau.“

„Kann ich das mal lesen?“ fragte Ulla.

„Ich glaube nicht.“

Meermann griff zum Telefon und wählte eine kurze Nummer.

„Gibt es ein Skript von dem Interview mit Strothkämper? ... Emil Strothkämper ... Für die Ausstellung ... 1981... Nein? ... Dann bringen Sie die ... Ja, gleich. Wie ich mir schon dachte, es ist immer noch nicht abgeschrieben“, stöhnte der Archivar. „Aber Sie haben ja sicher etwas Zeit, oder?“

Ulla nickte.

„Dann können Sie nämlich die Kassette abhören.“

Ulla war froh, daß er sie nicht nach dem Grund für ihr Interesse gefragt hatte. Scheinbar hielt er, der selbst täglich mit Geschichte umging, ihr Anliegen für völlig normal.

Eine junge Frau trat ein und brachte die Kassette. Meermann legte sie in den Recorder auf dem Abstellbord an der Wand. Nach einigen Sekunden Leerlauf tönte seine eigene Stimme aus dem Lautsprecher.

„Interview vom 27. September 1981 mit Herrn Emil Strothkämper, Interviewer: Dr. Meermann.“

Er schaltete ab.

„Hören Sie sich nur alles in Ruhe an. Ich hab' noch im Keller zu tun. Wir ziehen nämlich demnächst um."

Ulla blieb allein. Sie stand auf, suchte den Raum nach einem Aschenbecher ab, fand aber keinen, setzte sich wieder, drehte sich eine Zigarette, legte sie vor sich auf den Tisch, ging zum Wandbord und schaltete den Recorder ein.

Der Archivar plauderte mit ihrem Opa über seine Kindheit und Jugend. Umständlich und zögernd erzählte Emil von seiner Familie, dem Vater, der Stiefmutter und den Geschwistern. Dann, schon viel freier, über seine Arbeit als Nietenwärmer und die Jahre auf der Zeche.

Emil war keiner der großen Macher der Bochumer Arbeiterbewegung gewesen, soviel wußte Ulla, als die erste Seite der Kassette abgespult war. Emil Strothkämper war ein kleiner Unterkassierer der Kommunistischen Partei am Moltkeplatz, der Hochburg der Roten in der Stadt. Arbeitslos und immer dabei, wenn es darum ging, Plakate zu kleben, Flugblätter zu verteilen, Demonstrationen zu organisieren oder sich mit den Nazis auseinanderzuseetzen. Sie drehte die Kassette um.

„Haben Sie auch die Machtergreifung am 30. Januar 1933 miterlebt – hier in Bochum?" fragte der Archivar.

„Ja, sicher", antwortete Emil. „Als die Nazis drankamen, hab' ich erst mal gemacht, dat ich ausse Schußlinie kam. Ich wohnte damals doch im Parteihaus anne Roonstraße. In Riemke kam ich bei ein' Wittmann unter. Zusammen mit ei'm, der war auch Genosse. Und einen Abend fragt der mich: Emil, kommse mit im Kino? Inne Lichtburg zeigten se ‚Blutendes Deutschland'. Ich mit. Zu Hause fragt er mich: Wie hat dir der Film denn gefallen, Emil? So wat machen die Kommunisten nicht, sag' ich, Kränze von Leichenwagen ziehen und Leichen schänden. Dat war nämlich ein Hetzfilm gewesen gegen uns. Der

gab mir gar keine Antwort, aber ich hab' mir dabei nix gedacht. Paar Tage später kamen nachts fünf SA-Leute und holten mich aussem Bett."

„Wann war das denn ungefähr? Erinnern Sie sich noch an das Datum Ihrer Verhaftung?"

„Nä, dat isset ja gerade. Dat ist ja schon so lange her. Und anfangs hat man sich gar nicht daran gestört."

„Was geschah denn, nachdem Sie morgens verhaftet wurden?"

„Die brachten mich auffe Hermannshöhe, in die SPD-Druckerei, wo die SA ihr'n Folterkeller hatte. Stunde später mußt' ich zum Verhör zu ein' Karl Augsburger, der war da der Boß. Der hatte ein' Gummiknüppel auffem Tisch liegen – und wenn ich nein sagte, kriegt' ich damit ein' vor die Schnauze, auf Deutsch gesagt. Aber er hat nix aus mir rausgekriegt. Dreimal war ich bei dem zum Verhör. Einmal kommt eine Frau rein, die ihr'n Mann sucht. Augsburger fragt die: ‚Wie heißen Sie denn.' – Ja, so und so, ich hab' den Namen vergessen. ‚Wat wollen Sie rote Sau denn hier', schreit der Augsburger. Die Frau hatte so'n dicken Bauch, die mußte jeden Moment überkommen. Da steht der dicke Schweinehund auf und tritt ihr vor den Bauch, dat sie inne Ecke fliegt und da dat Kind kriegt. Ich hab' dabeigestanden und mich bekotzt von oben bis unten. Ich hat' ja sowat noch nie geseh'n."

Ulla stand auf und schaltete das Band ab, nahm die Zigarette, öffnete das hohe Fenster, setzte sich auf die Fensterbank und rauchte gierig.

Es war Mittagszeit, und aus den umliegenden Berufsschulen strömten die Jugendlichen durch die Arndtstraße, schlossen Mofas, Motorräder oder Fahrräder von den Laternenmasten los, stiegen in ihre auf dem zugeparkten Gehweg stehenden Autos oder gingen zur Straßenbahninsel am Hochhaus der Stadtwerke. Zwei Jungen inspizierten das Hollandrad, das sie an die Dachrinne des Backsteinhauses gekettet hatte.

Ulla hustete laut.

Die beiden sahen hoch und gingen schnell weiter zum Ostring.

Ulla spuckte auf die Kippe, ließ sie fallen und schloß das Fenster.

Sie ging zum Kassettenrecorder zurück und schaltete ihn ein.

„Wie lange sind Sie denn in der Hermannshöhe geblieben, Herr Strothkämper?"

„Ungefähr acht Tage, dann haben sie mich auf ein Auto geladen und ab ging et, runter nache Ruhr. Und wie wir abbiegen, kurz vor der Brücke, fingen die Nazis an zu ballern wie im Wilden Westen. O Herr, o Herr, hab' ich gedacht, die legen dich hier um und schmeißen dich inne Ruhr!"

„Wohin hat man Sie denn gebracht?"

„Nach Gibraltar. Da unten stand sone alte Zeche, die hieß so. Die SA hatte da ein Lager, dat war noch im Bau. Und uns habense inne Waschkaue gesperrt."

„Was wurde dann mit Ihnen angestellt?"

„Wie wir angekommen sind, standen da fünf vonne SA. Einer war dekoriert wie so'n Goldfasan. Dat war der Standartenführer Voß. Ein SA-Mann war kriegsversehrt, und wie se mich bringen, schreit der: ‚Wegen euch rote Lumpen hab' ich mein Bein verlor'n!' Dat war inne Markenkontrolle, und er nimmt sein' Bleistift und wirft den durch die offene Klappe in den anderen Raum. – ‚Aufheben!' – Ich will rumgehen, durch die Tür den holen. Nein, schreit der, von hier! Und ich dösiger Hund beug' mich durch die Klappe. Wie der Hintern so richtig stramm ist, geht die Klappe runter und der Voß sagt: ‚Fünfundzwanzig Schläge'. Bei den ersten hab' ich geschrien wie so'n junger Hund. Nachher hatt' ich kein Gefühl mehr. Und wie der vierundzwanzigste kam, sagt der Voß: ‚Ich hab' mich verzählt.' Da ging dat vom Frischen los mit dem Gummiknüppel. Wie ich wieder zu mir kam, lag ich inner

Koje. Die andern ham mir den Arsch mit Ruhrwasser gekühlt."

„Wieviel Gefangene waren denn dort insgesamt untergebracht?"

„Ungefähr zweihundert Mann, können auch paar mehr gewesen sein. Wir mußten alle arbeiten, damit die SA die Bude renoviert kriegte. Und dann lag da noch dat Eisen von dem alten Förderturm. Dat mußten wir auseinanderwichsen, und die SA hat dat annen Klüngelskerl verkauft, als Schickermoos. Wenn die voll waren, kamen sie bei uns inne Kaue. Ich lag vorne anne Tür. Ich kriegte immer die erste Wucht."

„Wie lange waren Sie in Gibraltar?"

„Fünf Monate mögen dat gewesen sein."

„Wissen Sie noch, wann Sie wieder freigelassen wurden?"

„Freigelassen ist gut. Ich bin abgehauen! Mein Bruder wußte nämlich, wohin se mich gebracht hatten. Der kannte ein' vonne SA. Mit meim' Bruder hab' ich alles abgesprochen. Er hat ein' Laster besorgt, damit hat er nachts oben in Stiepel gewartet. Und ich bin mit noch zwei Kumpels abgehauen. Im Lkw nach Holland."

„Wie sind Sie denn aus dem Gebäude herausgekommen?"

„Durch den SA-Mann, der mein' Bruder kannte, der hat uns geholfen."

An dieser Stelle endete die Aufzeichnung des Gesprächs.

Ulla schaltete den Recorder aus und ging im Zimmer auf und ab.

Der Archivar ließ sich nicht blicken.

Sie riß einen Zettel von seinem Notizblock, krakelte ein paar Zeilen darauf und ging.

15

„Gibraltarstraße“, brüllte Jimmy und nickte mit dem behelmten Kopf zum Straßenschild hinüber. Er stoppte die Maschine in der Straßenmitte. Abbiegen konnte er nicht. Über die Ruhrbrücke schob sich eine Autokolonne auf die Parkplätze zu. Rechts rauschte der Verkehr nach Blankenstein an ihnen vorbei.

Es war Sonntagnachmittag. Halb Bochum und ganz Witten schienen unterwegs zu sein, um an der Ruhr, am Stausee oder in den Wäldern am anderen Ufer spazierenzugehen.

Jimmy verlor die Geduld. Mit Vollgas preschte er vor einem hupenden Kadett in die schmale Straße, die den Namen des längst stillgelegten Bergwerks trug. Rechts standen drei Häuser aus Bruchsteinen, in denen früher Bergleute gewohnt hatten. Nagelneue Butzenscheibenfenster aus Isolierglas, gepflegte Vorgärten und große Autos bestimmten das Bild. Wohlhabende Bürger hatten die Wohnungen der Bergleute übernommen und umgebaut.

Zechengebäude konnten sie nicht entdecken.

Jimmy wendete die Maschine am Ende der Sackgasse und steuerte sie auf den unbefestigten Parkplatz am Fluß, fand eine Lücke, die für die Suzuki breit genug war und stellte die Maschine ab.

Sie klemmten die Helme unter den Arm und gingen zu Fuß weiter.

Auf der überfüllten Fußgängerbrücke hielten sie Ausschau. Der See war schmal, bedeckte nur die Ruhrwiesen. Er lag langgezogen zwischen kahlgeschorenen künstlichen Hügeln. An Pflanzpfähle gebundene Bäumchen verloren sich auf dem weiten Rasen. Am gegenüberliegenden Ufer, keine hundert Meter vom Wasser, lag die Autobahn nach Wuppertal. Häuser standen dort nicht.

Das Bochumer Ufer gefiel ihnen besser. Statt der Autobahn zog sich dort ein Waldstreifen hinter der Böschung entlang. Wo er begann, einen Kilometer hinter dem Wehr, standen einige Gebäude.

„Da könnte es sein."

Ulla schlängelte sich zwischen den Familien mit Sonntagskleidern hindurch, wich radelnden Gruppen aus, zog Jimmy hinter sich her.

Nach einer Weile teilte sich der asphaltierte Weg. Die Radfahrer bogen nach links in die Kunsthügel ein. Die beiden kamen nun schneller voran, mußten nur ab und zu über Surfbretter steigen, die junge Leute in Gummianzügen zum Wasser zogen.

„Möchtest du hier reinfallen?"

Ulla zeigte auf einen Schwarm toter Fische, die rücklings im seichten Wasser trieben.

„Alles Training", fand Jimmy.

„Du mußt nur alle Körperöffnungen blitzschnell zusammenkneifen können."

Von weitem hatten sie nur den Giebel erkennen können. Als sie jetzt näherkamen, ragte ein Längshaus ganz aus behauenem Ruhrsandstein vor ihnen auf wie ein Kirchenschiff ohne Turm. Nichts erinnerte daran, daß dort einmal eine Zeche gestanden hatte. Die Steine leuchteten sandgelb, dazwischen genormte Fensterfluchten, mahagony-gerahmt.

„Bootshaus Oveney" stand auf einem Schild, ein anderes wies um die Ecke zum Fahrradverleih. Ruderer schleppten ihre Boote aus dem Haus. Unbeholfen bestieg ein Dickbäuchiger ein gemietetes Rad.

Ulla hatte gehofft, einen Schauplatz aus der Geschichte ihres Großvaters vorzufinden. Verlassene Hallen, eingeworfene Fenster und rostendes Eisen hatte sie erwartet, Kulissen eines Horrorfilmes, in die sie nur noch die Braunhemden der SA, verschleppte Gefangene, Standartenführer und Schrotthändler hätte montieren müssen. Statt dessen standen sie vor diesem runderneuerten Freizeithaus, sahen überall lachende Gesichter, spielende Kinder, alte Leute auf dem Weg zu Kaffee und Kuchen. Aber was hatten die Leute in Emils Alter hier vor fünfzig Jahren erlebt? Warum fehlte an dem Haus jeder Hinweis auf das, was sich hier zugetragen hatte? Nicht weit außerhalb der Stadt, in irgendeinem Lager im Moor, wie es sie damals zu Dutzenden gegeben hatte, hier in Bochum, vor jedermanns Haustür.

Schweigend standen die beiden im Getriebe der Ausflügler.

Ratlos.

16

Er drückte auf B. Auf dem Bildschirm wechselte der Text. Ob der Benutzer am Schlagwortkatalog A bis C oder an der Personaldatei interessiert sei, wollte der Computer wissen.

Den Archivar interessierten Personen. Mit flinken Fingern tippte er den Namen des Gesuchten ein.

Die Antwort ließ nicht auf sich warten.

„Voß, Otto. 1 geb. 21. 03. 1903, 2 geb. 12. 09. 1901."

„Versuchen wir es mal mit dem ersten", murmelte Meermann und hatte Pech.

„Voß, Otto, geb. 21. 03. 1903, Hausierer, ohne festen Wohnsitz."

Er holte das Programm einen Schritt zurück und wählte Nummer 2.

„Voß, Otto, geb. 12. 09. 1901, SA-Führer von Bochum, Dienstgrad: Standartenführer, gehörte zum engsten Kreis der NSDAP, war an der Machtergreifung beteiligt." Meermann höhnte: „Wer hat denn diese Formulierung gewählt?"

Er schwang sich aus dem Drehstuhl, fuhr mit der Hand durch die frischgewaschenen Haare und zog eine Donald-Duck-Grimasse.

Aus einem Stapel Papier auf der Ablage hinter seinem Schreibtisch fischte er eine Broschüre und blätterte sie durch.

„Hier, hören Sie mal: ‚SA-Abteilungen marschierten auf, bewachten die Eingänge des Rathauses und sicherten den Verkehr auf der Allestraße. Standartenführer Voß und Kreisführer Riemenschneider begaben sich mit einigen Begleitmannschaften in das Zimmer des Oberbürgermeisters, den sie aufforderten, sein Urlaubsgesuch einzureichen. Die Verhandlungen zogen sich lange hin. Kurz vor 12 Uhr erschienen Voß und Riemenschneider auf dem Balkon des Oberbürgermeisterzimmers und teilten mit, daß der OB eine Erklärung unterschrieben habe. SA-Führer Voß erklärte gegenüber dieser Zeitung, man habe sich Dr. Ruer keinen Tag länger als Oberbürgermeister gefallen lassen können.‘"

„Und warum waren die Nazis so sauer auf den?" fragte Ulla.

„Weil er sich geweigert hat, in die NSDAP einzutreten. Dr. Ruer war zwar konservativ bis auf die Knochen, aber seine Mutter war Jüdin. Kurz nach seiner ‚Beurlaubung' hat man ihn übrigens verhaftet, wegen angeblicher Unterschlagungen. Nach drei Monaten mußten sie ihn aber wieder freilassen. Er hat das nicht verkraftet und beging Selbstmord."

Ulla schwieg und schaute auf den Bildschirm.

„Und was ist mit Gibraltar?" fragte sie schließlich. „Da war der Voß doch auch."

„Darüber wissen wir sehr wenig. Im Prinzip nur das, was Ihr Opa uns berichtet hat. Das heißt...", Meermann rieb sich die Nasenwurzel. „Es gibt noch einen Artikel in der Gauzeitung der NSDAP. Eine Reportage über einen Tag im Ausbildungslager der SA. Aber von Gefangenen ist natürlich nicht die Rede, sondern von der aufopfernden Arbeit der Bochumer SA unter Standartenführer Voß."

In ihren Gedanken sah Ulla die verlassene Zeche an

der Ruhr vor sich. Ihr Opa war damals Anfang zwanzig gewesen. In Jimmys Alter. Sie sah die braunen Uniformen der SA, die auf einen jungen Mann in schwarzer Motorradkombi eindroschen.

„Was ist denn mit dem passiert, als der Krieg aus war?“ fragte sie.

Meermann sichtete nochmals den Computertext.

„Nichts im Speicher. Unser Programm läuft nur bis zum 8. Mai ’45. Weiter sind wir noch nicht gekommen. Vielleicht sind wir in ein bis zwei Jahren so weit...“

Ulla fand diese Aussicht wenig tröstlich, ließ sich aber nichts anmerken, um den Archivar nicht zu weitergehenden Fragen zu verleiten.

Vielleicht hatten sie bei dem anderen mehr Glück.

Meermann gab bereits den Namen ein.

„Augsburger, Karl, geb. 18. 12. 1908, erlernter Beruf: Kriminalbeamter, 1929 wegen republikfeindlicher Umtriebe aus dem preußischen Polizeidienst entfernt, 1933 Mitglied des Nachrichtendienstes der SA, Obertruppführer.“

Ulla hatte die spärlichen Angaben auf dem Bildschirm mitgelesen.

„Wissen Sie nicht mehr über den?“

Meermann verzog wieder das Gesicht, diesmal mehr wie Louis de Funès, fand sie.

„Doch“, stöhnte er, „da ist noch die Geschichte mit Rautenberg und Schmitz.“

„Aber?“

Meermann verdrehte die Augen.

„Aber die kann ich nicht mehr hören. Während der Ausstellung über die Nazizeit in Bochum habe ich mindestens fünf Dutzend Schulklassen davon erzählt.“

„Mir zuliebe“, flötete Ulla und sah Meermann mit zur Seite geneigtem Kopf an.

„Also gut“, seufzte er. „Rautenberg und Schmitz, zum 61. Mal. Rautenberg war führender Sozialdemokrat in Blankenstein. Seine Familie wurde ständig von der SA belästigt. Deshalb ging er zur Hermannshöhe, um sich zu beschweren. Er glaubte eben an Recht und Gesetz. Zur Hermannshöhe hat man auch zwei jungen Sozialdemokraten verschleppt, Heini Schmitz und Willi Deppe. Im Nebenraum werden zwei Jungkommunisten vom Moltkeplatz gefoltert. Schmitz erkennt die beiden nicht am Gesicht, denn das ist eine blutige Masse, doch er erkennt einen an der Stimme. Augsburger, der hier als Vernehmungsspezialist gilt, befiehlt den Kommunisten, auf die SPD-Leute einzuschlagen. Sie weigern sich. Daraufhin reißen SA-Männer Schmitz und Deppe zu Boden, prügeln und trampeln auf ihren entblößten Körpern herum. Als sie wieder auf den Beinen stehen, drückt man ihnen Peitschen in die Hand. Sie sollen die Kommunisten schlagen. Beide schweigen und schlagen nicht. Man schleppt alle vier ins Nebenzimmer, wo Rautenberg wartet. ‚Das ist einer von euren Bonzen, der hat eine Abreibung verdient', schreit Augsburger und befiehlt den vieren, auf Rautenberg einzuschlagen. Es rührt sich keine Hand. Wieder muß die SA die Drecksarbeit selbst machen. Sie rächen sich dafür an Schmitz, reißen ihm den Mund auf und stopfen Rattengift hinein, zwingen ihn mit vorgehaltenem Revolver, es zu schlucken. Abends läßt man ihn wieder frei. Sein Körper ist blutunterlaufen, bis zur Unförmigkeit angeschwollen. Im Krankenhaus gelingt es nicht, das Gift aus seinem Magen zu entfernen. Heini Schmitz stirbt nach zehn qualvollen Tagen. Ein von den Eltern eingeschalteter Rechtsanwalt erzwingt eine Obduktion. Ergebnis: völlige Verbrennung der inneren Organe."

Schweigend stand Meermann auf, trat zum Fenster und trank einen Schluck Mineralwasser.

„Die beiden Kommunisten...", sagte Ulla leise. „Kennen Sie die mit Namen?"

„Ihr Opa hat auch am Moltkeplatz gewohnt, nicht?" Ulla nickte.

„Er war zu der Zeit auf der Hermannshöhe."

Meermann überlegte einen Moment.

„Im Interview hat er davon nichts erzählt. Und Kommunisten gab es am Moltkeplatz mehr als zwei."

Trotzdem setzte sich der Gedanke in Ullas Kopf fest. Opa hatte so viel erlebt, warum sollte er sich in einem Gespräch an alles erinnern? Ihr fiel die schwangere Frau ein, die auf der Hermannshöhe ihren Mann gesucht hatte. Ihr war, als ob sich ein Ring um ihre Brust legte, der sie am Atmen hinderte.

„Woher kennen Sie die Geschichte eigentlich so genau?" fragte sie den Archivar, um ihre Gedanken in eine andere Richtung zu zwingen.

„Aus Erinnerungsberichten anderer Häftlinge", antwortete er und nahm einen Schluck Wasser.

Ulla hockte auf dem Besucherstuhl und fühlte sich grenzenlos überfordert. Sie hatte nach dem Ende des Fadens gegriffen, von dem sie hoffte, er würde sie zu dem Mann im Mercedes führen. Vor ihr lag jetzt ein dickes Knäuel, in dem der Faden verschwand. Sie hatte keine Ahnung, wie sie hindurchfinden sollte.

Meermann mußte das gemerkt haben.

„Einen Tip hätte ich noch für Sie", sagte er aufmunternd.

„Rechtsanwalt Knippel. Der hat 1933 Heini Schmitz vertreten oder besser seine Eltern. Ein Jahr später ist er nach England emigriert. Er kam 1945 mit der Royal Army als Dolmetscher zurück. Wir haben ihn erst bei der Ausstellung kennengelernt, weil er bis vor ein paar Jahren irgendwo in England gewohnt hat. Ich geb' Ihnen mal die Adresse."

Er kramte in seiner Schreibtischschublade und gab ihr eine Visitenkarte.

„Moment", rief er, als Ulla sie einsteckte, „die Anschrift brauch' ich noch. Ich will noch ein Interview mit ihm führen."

Meermann gab ihr ein Stück Papier.

Sie sah auf die Karte, stutzte und schrieb dann: „Rudolf Knippel, Barrister at law, Vödestraße 52, 4630 Bochum, West-Germany."

Währenddessen kramte der Archivar auf seinem Schreibtisch herum, fand schließlich, wonach er suchte.

„Ich hab' noch was für Sie. Das Skript vom Tonbandinterview ist fertig. Ich habe eine Kopie für Sie ziehen lassen."

Seine braunen Jungenaugen strahlten sie an, er grinste übertrieben breit, überreichte ihr den Text mit einer albernen Armbewegung.

Netter Typ, dachte Ulla, bedankte sich und ging.

17

Der Weg wurde schmaler. Die Sträucher schlugen gegen die Fahrerkabine des Pritschenwagens. Noch ein paar Meter, dann war Schluß. Jimmy zog den Wagen nach rechts, damit sich die Ladeklappe öffnen ließ, und stoppte.

„Bis hierher und nicht weiter", sagte er.

Ulla drückte die Beifahrertür auf und quetschte sich zwischen Büschen und Autos hindurch. Ihre Mutter schätzte die Türöffnung mit den Augen, sah an sich herunter und krabbelte über den Fahrersitz ins Freie.

Bis zum 30. September mußte Emils Wohnung geräumt sein, sonst wurde die Oktobermiete fällig.

„Ich setze meinen Fuß nicht über die Schwelle dieser Baracke", hatte Erich Schulte erklärt, als seine Frau ihm das Schreiben des Hausbesitzers gezeigt hatte.

„Heißt das, ich soll die Haushaltsauflösung allein machen?"

Statt eine Antwort zu geben, war er aufgestanden und aus dem Zimmer gegangen. Seit die Rechnung des Bestatters, die mehr als sechstausend Mark ausmachte, eingetroffen war, benahm er sich unausstehlich.

Ihr war nichts anderes übriggeblieben, als auf Ullas

Angebot einzugehen und sich von Jimmy einen Leihwagen besorgen zu lassen.

An der Gartentür blieb sie stehen, betrachtete das Haus, den verwilderten Garten, die Ställe und den Holzstapel am Zaun.

Ulla hakte sich bei ihr ein.

„Wie lange warst du nicht mehr hier?“

„Ich weiß nicht, fünfzehn Jahre vielleicht. Du hast noch im Kinderwagen gesessen.“

„Und warum bist du weggeblieben?“

„Ja, warum?“ Sie blies die Luft durch die Nase aus. „Es gab immer Streit zwischen den beiden. Jeder wollte den anderen überzeugen. Und als Opa deinen Vater mal einen Weihwasserpisser genannt hat, sind wir nicht mehr hingegangen.“

Jimmys Backen wölbten sich. Er flankte über das Törchen, ging durch den Garten und wartete an der Haustür.

Drinnen standen die Türen auf.

In der Küche sah es aus wie nach einem Erdbeben. Die wenigen Möbel standen wild durcheinander, der Schrank war von der Wand gerückt. Ein halbes Dutzend Töpfe, wenig Geschirr und der übliche Krimskrams lagen auf dem Fußboden verstreut, buntgemischt mit dem Inhalt des umgekippten Abfalleimers. Die Tischschublade hing nur mit einer Ecke in der Führung. Das Besteck zierte den Tisch in wilden Mustern.

Im Wohnzimmer bot sich das gleiche Bild. Der Schrank leergefegt, aus dem Sofa quoll das Roßhaar, vier Dielenbretter lagen herum.

Das kleine Schlafzimmer wirkte wie ein gefledderter Sperrmüllhaufen. Die Matratzen herausgerissen, das Bettgestell von der Wand gerückt, die Kommode durchwühlt. Vor dem Schrank ein Haufen Kleidung, dazwischen saubere Bettwäsche.

Ullas Mutter ließ sich auf einen Küchenstuhl sinken. Sie sah um sich und schlug die Hände vor das Gesicht.

„Wie sieht das hier denn aus!" jammerte sie. „Wie ist das bloß passiert?"

Ulla und Jimmy tauschten einen schnellen Blick.

Er schüttelte den Kopf.

Sie nickte.

„Wahrscheinlich Penner, Mutti", sagte Ulla so unbefangen wie möglich. „Die nisten sich doch überall ein, wo was leersteht."

„Meinst du?" fragte ihre Mutter ungläubig. „Aber von denen liegt doch gar nichts hier rum. Leere Flaschen oder so."

Sie stand auf und ging durch alle Räume.

„Oder Jugendliche", rief Jimmy ihr nach.

Ullas Mutter kam in die Küche zurück.

„Die hätten doch bestimmt den Fernseher oder den Kassettenrecorder mitgenommen."

„Aber wer soll das denn sonst gewesen sein, Mutti?"

Sie schwiegen.

„Sollen wir nicht die Polizei holen?"

„Du hast doch selbst gesagt, daß nichts fehlt, Mutti."

„Aber das ist doch trotzdem strafbar, in andererleuts Häuser gehen und alles durcheinanderschmeißen, oder?"

Ulla sagte nichts. Sie lehnte am Türpfosten und starrte auf das zerbrochene Geschirr auf der Erde.

Natürlich fehlte etwas. Sie hatte es beim ersten Blick in die Küche gemerkt. Auf der Ablage des Küchenschranks hatte sie die Niederschrift des Interviews liegenlassen, weil sie die nicht mit nach Hause nehmen wollte. Hier hatte sie den Text noch einmal gründlich durchgelesen, Wichtiges unterstrichen und darin herumgekritzelt.

Jetzt fehlte die Abschrift. Als einziges.

„Wann warst du zuletzt hier, Ursel?"

„Im Haus? Einen Tag vor Opas Tod", log sie. „Danach bin ich nicht mehr reingegangen. Nur zu den Kaninchen im Stall."

„Dann kann das ja schon über ’ne Woche her sein“, überlegte ihre Mutter und stand auf. Sie zog eine Kittelschürze an und band ein Kopftuch ums Haar.

Als Jimmy mit den großen Aldi-Kartons kam, begannen sie mit dem Einräumen. Sie arbeiteten angestrengt und ernst. Mittags waren alle Kleinteile verstaut und aufgeladen.

Jimmy brachte die erste Fuhre zum Container.

Als er zurückkam, begann er mit dem Zerlegen der Möbel. Er benutzte die stumpfe Seite des Beils dazu. Die Möbel waren alt und wackelig, und ihre Trümmer füllten die Ladefläche nicht einmal zur Hälfte.

„Warum bist du so ruhig?“ fragte Ulla ihn, als sie fast fertig war.

„Ich überlege.“

„Was überlegst du denn?“

„Woher ich den Typ kenne, der mir vorhin auf der Rückfahrt im Wald begegnet ist.“

„Und?“

„Das überleg’ ich ja gerade.“

Er wandte sich ab und gab dem Schlafzimmerschrank einen gezielten Hieb. Die Seitenwände fielen auseinander und krachten auf den Fußboden.

Dann räumten sie den Stall aus. Von den Werkzeugen war kaum noch etwas zu gebrauchen. Die Kaninchen packte Jimmy in zwei Kartons. Er hatte sie einem Kollegen versprochen. Ihm selbst hatte Ullas Mutter den Kassettenrecorder angeboten. Er zierte sich, nahm ihn dann aber doch.

Auf dem letzten Rundgang durch das leere Haus bemerkte Ulla den kleinen Briefkasten an der Innenseite der Haustür. Sie öffnete die Klappe und zog ein blaues Kuvert heraus, öffnete es und las.

Es war ein Bußgeldbescheid über fünfhundert Mark wegen Fahrens unter Alkoholeinfluß. Außerdem wurde ihrem Opa für einen Monat das Mopedfahren untersagt.

18

Das Haus stand in einer ruhigen, platanengesäumten Pflasterstraße am Stadtpark. Es war eine der für das Viertel typischen dreistöckigen Villen, die gegen Ende des vorigen Jahrhunderts entstanden waren.

Im Souterrain, in dem früher das Hauspersonal gewohnt hatte, befand sich eine Werkstatt, in der die Tochter des Rechtsanwalts gegen Hausfrauenfrust und Midlife-Crisis antöpferte. Zusammen mit ihrem Mann, einem erfolgreichen Steuerberater, und dem Hirtenhund Henk bewohnte sie das Hochparterre.

Im obersten Stockwerk lebte seit seiner späten Rückkehr aus England ihr Vater, der Rechtsanwalt Rudolf Knippel.

Am Telefon war er sehr freundlich gewesen, und Ulla freute sich darauf, ihn kennenzulernen.

„Was machst du denn für ein Gesicht?" fragte sie Jimmy, der sie begleitete.

Er deutete mit dem Kopf zur anderen Straßenseite. Eine ältere Frau in grauem Kostüm mit weißem Hut, weißen Handschuhen und weißem Pudel stolzierte Richtung Innenstadt.

Ulla lachte und zupfte ihn am Ärmel.

„Komm!"

Sie klingelten.

Es dauerte einige Zeit, bis ihnen geöffnet wurde.

Über einen grünen Veloursteppich, der mit Messingstangen auf der Eichentreppe befestigt war, stiegen sie in den ersten Stock.

Der Rechtsanwalt war ein hagerer Mann, sicher an die Achtzig, aber fast so groß wie Jimmy. Er hatte versucht, seine Kleidung in Ordnung zu bringen, dabei aber den Hemdzipfel, der seitlich aus der Hose hing, übersehen. Offensichtlich hatten sie ihn aus dem Schlaf geklingelt. Über seine rechte Gesichtshälfte zogen sich die Kniffe des Kopfkissens.

Knippel führte sie in eine Art Arbeitszimmer und verschwand, um sich frisch zu machen.

Die beiden sahen sich um. Bücherschränke an allen Wänden, am Fenster ein riesiger Schreibtisch.

Ulla ließ sich in einen der weinroten Ledersessel plumpsen, verschränkte die Arme vor dem Bauch und lugte über die gesteppte Lehne.

Jimmy, der endlich einmal ein passendes Sitzmöbel für seine Größe gefunden hatte, räkelte sich zufrieden.

Der Alte kam zurück. Er trug jetzt ein kariertes Jakkett über dem nicht mehr ganz weißen Hemd. Die Pantoffeln hatte er gegen schwarze Slipper eingetauscht.

Er setzte sich zu ihnen und goß Sherry aus einer bauchigen Karaffe, ohne dabei zu zittern oder auch nur einen Tropfen zu verschütten. Während er aus einem umfangreichen Sortiment eine Pfeife auswählte, stopfte und anrauchte, sprach er vom Wetter und dem letzten Herbst, den er in England verbracht hatte.

„Aber Sie sind sicher nicht hergekommen, um mit einem alten Herrn über das Wetter zu plaudern, nehme ich an", unterbrach er sich selbst.

Ulla hatte ihm am Telefon nicht viel gesagt, nur woher sie seine Adresse hatte, und daß sie von ihm etwas über die Nazizeit wissen wollte.

Jetzt erzählte sie den Rest. Jimmy ergänzte sie hin und wieder und beobachtete ansonsten den alten Mann, der schweigend zuhörte.

„So, so. Emil Strothkämpers Enkelin sucht Voß und Augsburger", sagte er, als Ulla geendet hatte, mehr zu sich selbst als zu seinen Besuchern. Er stand auf und goß Sherry nach.

„Den Voß kann man vergessen", begann er. „Der hat sich fünfundvierzig umgebracht, kurz bevor wir kamen."

Wie zur Bestätigung blies er den süßlichen Rauch seiner Pfeife zur Decke.

„Aber Augsburger. Den gab es noch, als ich 1945

nach Bochum zurückkehrte. Oder besser in das, was von Bochum übrig war. Ich war in London im Exil gewesen und kam mit der Army zurück, als Dolmetscher. Das Ruhrgebiet nannten sie „Black Town“. Dabei war es grau. Häuser, Trümmer, Ruinen, Menschen, alles. Ich wurde Übersetzer beim „Public Safety Branch 921“, der Militärpolizei für Bochum und Umgebung. Zuständig für den Kontakt zur politischen Polizei, die wir neu aufbauten. Damals habe ich Emil Strothkämper kennengelernt. Er war Hilfspolizist und kam zu uns, um Anzeige gegen Karl Augsburger zu erstatten. Ich kannte Augsburger nur indirekt. Die Eltern eines seiner Opfer hatten mich ’33 eingeschaltet. Ihr Sohn war auf der Hermannshöhe mit Thallium vergiftet worden. Viel hatte ich nicht erreicht. Allein bei der Staatsanwaltschaft die Obduktion durchzusetzen, war Kampf gewesen. Das Verfahren wurde eingestellt, und ich hatte die Nazis auf dem Hals. Als Emil Strothkämper Augsburger anzeigte, habe ich mich gewundert, warum ich selbst nicht darauf gekommen war. Jedenfalls habe ich die Anzeige aufgenommen und zur Bearbeitung weitergeleitet. Einige Wochen später ging ich über den Flur des Präsidiums. Ich höre noch das Geschrei. Emil hatte einen der Beamten an der Krawatte und schrie: „Wo hast du Schweinehund die Akte versteckt?“ Tatsächlich war die Anzeige verschwunden. Und mit ihr Augsburger. Jemand mußte ihm einen Tip gegeben haben. Ein paar Wochen hörte ich nichts mehr von der Sache, dann tauchte Emil wieder in meinem Büro auf. Er hatte Augsburger gefunden. Sein Frau wohnte noch unter der alten Adresse. Emil war immer und immer wieder dort vorbeigegangen, in der Hoffnung, Augsburger hier zu treffen. Aber der kam nicht. Dann wurde die Frau ins Krankenhaus eingeliefert, mit Krebs. Von einer Schwester erfuhr Emil, daß ihr Mann sie ab und zu besuchte. Ich erwirkte einen Haftbefehl und teilte Emil und einen zweiten zuverlässigen Mann zur Bewachung ein. Augsburger blieb weg. Wahrscheinlich hat er als gelernter Kripomann die beiden rechtzeitig bemerkt. Alles kam darauf an, seine Frau unauffällig zu beschatten. Als in ihrem Zimmer ein Bett frei wurde, ließ ich eine Kollegin von der weiblichen Kriminalpolizei dort einquartieren. Wir wurden auf eine harte Geduldsprobe gestellt. Immer wieder rief der Stationsarzt bei uns an und forderte das Bett zurück. Das Hospital war durch Bombenangriffe schwer beschädigt worden. Es fehlte an Arzneimitteln, Verbandsmaterial, Bettwäsche. Dabei war der Gesundheitszustand der Menschen jämmerlich. Tuberkulose, Typhus und Geschlechtskrankheiten grassierten. Hautkrankheiten wegen Seifenmangels, Hungerödeme. Nach einer Woche fragte der Arzt, ob uns die Bestrafung eines Schuldigen wichtiger sei als das Leben eines Unschuldigen, den er abweisen müsse. Ich erreicht eine Verlängerung um drei Tage. Am zweiten kam Augsburger. Wir verhafteten ihn am Sterbebett seiner Frau. Ich bereitete den Prozeß vor. Das Problem waren die Zeugen. Einige hatten seine Verhöre nicht überlebt, andere waren später in Konzentrationslagern und Strafbataillonen umgekommen. Viele saßen noch in Kriegsgefangenschaft. Und selbst die, die in Bochum lebten, waren schwer zu ermitteln, denn die SS hatte vor ihrer Flucht das städtische Melderegister in Flammen aufgehen lassen. Schließlich haben wir in den sozialdemokratischen und kommunistischen Zeitungen Aufrufe veröffentlicht. Bei der Gegenüberstellung erkannten ihn vier Männer. Sie traten im Prozeß als Zeugen auf. Augsburger versuchte, seine Methoden als normale Polizeiarbeit hinzustellen. Die Zeugen widerlegten das. Einer zeigte eine große Narbe, der andere hatte bei einem Verhör alle Zähne verloren. Für den Rattengiftmord hatten wir nur Zeugen vom Hörensagen, die das Gericht nicht gelten ließ. Augsburger erhielt fünf Jahre wegen Verbrechen gegen die Menschlichkeit. Weil nirgendwo anders Platz war, blieb er auch nach der Urteilsverkündung im Wattenscheider Polizeigefängnis, wo er schon die U-Haft abgesessen hatte. Nach wenigen Monaten gelang ihm die Flucht. Bei der Untersuchung kam zutage, daß er während der gesamten Haftzeit mit zusätzlichen Lebensmitteln versorgt wurde. Sachen, die es in keinem Geschäft zu kaufen gab. Sie wurden von Unbekannten auf der Wache abgeliefert und von Beamten, mit denen der ehemalige Polizist auf gutem Fuß stand, an ihn weitergegeben. Natürlich gegen Beteiligung an den Lebensmitteln. Am Vorabend der Flucht traf eine besonders reichhaltige Lieferung auf der Wache ein, darunter einige Flaschen Schnaps. Augsburger lud die Wachmannschaft ein. Man aß und trank bis in die Nacht. Morgens fehlte der Häftling. Wir haben die Polizisten aus dem Dienst entfernt, aber davon bekamen wir Augsburger nicht wieder. Dabei war uns ziemlich klar, daß er sich in Schwarzmarktkreisen bewegte. Alle Waren, die die Bauern, Fabrikanten und Händler bei der öffentlichen Erfassung unterschlugen, wurden dort verschoben, vom Dosenfleisch der Royal Army bis zum Röntgenbild einer gesunden Lunge für Auswanderer mit Tbc. Jeden, der damals eine Familie zu ernähren hatte, trieb die Not irgendwann dorthin. Zuerst verhökerten unsere Soldaten Zigaretten und Konserven an die Deutschen. Das hatten wir schnell im Griff. Dann bildeten sich Organisationen, die den Schwarzmarkt vom Erzeuger bis zum Verbraucher kontrollierten. Großschieber, die Waren nicht wie der kleine Mann pfundweise, sondern zentnerweise, lastwagenweise verschoben. Denen kam es nicht darauf an, für einen Sack Bohnenkaffee 45 000 Mark in bar zu bezahlen. Großflächige Verteilerapparate garantierten ihnen, daß die Ware in kürzester Zeit in die vielen Kanäle des Schwarzmarktes flossen. Durchsetzt waren diese Organisationen mit untergetauchten Nazis. Leuten, die liebend gern die alten Verhältnisse wiederhergestellt hätten. Werwolfgruppen und Untergrundbewegungen finanzierten sich aus Schwarzmarktquellen. Wir nahmen an, daß Augsburger dabei kräftig mitmischte. Dafür sprach, daß der Bochumer Schwarzmarkt über ausgezeichnete Polizeikontakte verfügte. Mehr als eine Razzia schlug ins Leere. Was die können, können wir auch, habe ich mir nach so einem Fehlschlag gedacht, und beim Captain Vigilantengelder lockergemacht. Damit gelang es uns, einen aus dem Kreis der Schwarzmarkthändler anzuwerben. Dort hatte sich ein Komitee gebildet, das die Preise festlegte und bestimmte, wer auf dem Bochumer Schwarzmarkt handeln durfte. Zugelassene Händler erhielten eine vom Chef der Organisation ausgestellte Karte, natürlich gegen Entgelt. Unser Mann hatte sich geweigert, das Komitee anzuerkennen. Eine Polizeistreife fand ihn morgens auf dem Moltkeplatz, halbtot geschlagen. Bei der Vernehmung erzählte er, was er wußte. Aber das war uns zu wenig. Wir schickten ihn deshalb zurück auf den Schwarzmarkt. Er sollte dort als reuiger Sünder auftreten. Sie ließen ihn eine Weile zappeln, bevor sie ihn aufnahmen. Nach und nach erfuhren wir mehr über das Komitee, seine Mitglieder und Lieferanten, die Verbindungsleute zum Ernährungsamt. Als unser Mann den Termin der nächsten Zusammenkunft mitteilte, schlugen wir zu. Wir riegelten das ganze Viertel ab und durchkämmten es, Straße für Straße, Ruine für Ruine. Mehrere Hundert Menschen wurden durchsucht, über fünfzig festgenommen. Der Erfolg war total, dachten wir. Bis von der Alleestraße die Meldung kam, daß ein Lkw die Absperrung durchbrochen hatte und in Richtung Wattenscheid verschwunden war. Die Führer des Komitees hatten sich abgesetzt. Allerdings kannten wir jetzt ihre Namen, denn andere, die sich nicht retten konnten, sagten aus. Sie bestätigten unsere Vermutung, denn unter den Entwischten war auch Karl Augsburger. Er tauchte nie mehr auf."

19

Im Supermarkt hatte sich am Gemüsestand die übliche Schlange gebildet.

„Ach gebense mir doch noch'n Pfund Birnen. Wissense, mein Mann, der ißt die so gern. Die sind doch so schön saftig, nä?"

Ulla schob den Wagen weiter zur Fleischtheke.

„Die Mettwurst im Angebot, Frollein, ist die auch lecker?"

An der einzigen geöffneten Kasse stauten sich die Wagen.

„Nee, so wat, jetzt hab' ich die Milch vergessen. Moment, ich hol' noch schnell eine."

Zum Abendbrot gab es Leberkäse.

„Komm, Herr Jesus, sei unser Gast", betete ihr Vater.

Ich gebe dir auch meinen Leberkäse, dachte Ulla.

Nach der Tagesschau heiteres Beruferaten.

Was bin ich? Fertig, ratlos, hilflos.

Ihre Nachforschungen waren an einen toten Punkt gelangt. Die Spur des Mannes, der, falls es ihn noch gab, vielleicht etwas mit dem Tod ihres Großvaters zu tun haben könnte, hatte sich vor fünfunddreißig Jahren verloren.

Am nächsten Sonntag war Erntedankfest, Kirchgang angeordnet, Erscheinen Pflicht. Nach dem Gottesdienst spielte der Posaunenchor auf dem Friedhof. „Stern auf den ich schaue, Fels auf dem ich steh'." Ihr Vater sang hingebungsvoll. Den frischen Grabhügel hatte ihre Mutter mit Tannengrün abgedeckt. Die drei Kränze welkten am Rande. Ihr Vater verbarg die blau-weiße Schleife unter dem Grün und betete. Mutter weinte, Ulla guckte weg.

Zu Hause nach dem Mittagessen – der Haushaltsvorstand schlief auf der Couch, Ulla räumte gerade das gespülte Geschirr ein – kramte ihre Mutter Emils Brieftasche aus dem Schrank und breitete den Inhalt auf dem

Küchentisch aus. Der Personalausweis mit dem Foto aus den sechziger Jahren; das Bild ihrer Mutter, von zwei Ösen durchlöchert; das kleine rote Parteibuch mit den Fünfzehn-Mark-Marken bis September; eine alte Kennkarte, Beruf: Schutzmann; ein vergilbter Zeitungsausschnitt: Emil mit Fackel vor der NPD-Zentrale in Wattenscheid; der Schwerbeschädigtenausweis; ein Zettel mit einer Adresse; ein Zeitungsfoto jüngeren Datums: der Oberbürgermeister überreicht drei Männern riesige Schlüssel.

Als alle Spuren des sonntäglichen Mittagessens beseitigt waren und die Nirostaspüle fleckenlos glänzte, setzte Ulla sich zu ihrer Mutter. Gemeinsam betrachteten sie die Schätze, die Emil Strothkämper in seiner Brieftasche aufbewahrt hatte.

„Kennst du die Männer auf dem Bild?"

„Die neben Opa mit der Fackel?"

„Nein, die mit dem Bürgermeister."

„Steht doch drunter: Für jahrzehntelange vorbildliche Arbeit ehrte der deutsche Hotelierverband auf seiner Jahrestagung im Hotel Exzelsior Hubert Fronzen (Bochum) und Heinrich Lembke (Westerland) mit dem goldenen Zimmerschlüssel. Den silbernen Zimmerschlüssel für wegweisende Neuerungen erhielt der Düsseldorfer Hotelier Hans Marin. Oberbürgermeister Ellersiek, der die Auszeichnungen überreichte, freute sich besonders, einen Bochumer Bürger ehren zu dürfen."

Ulla sah ihre Mutter ratlos an.

„Und was hat Opa damit zu tun?"

„Das mag der liebe Herrgott wissen."

„Aber irgendwas muß doch damit sein, wenn er das Bild in der Brieftasche mit sich rumschleppt."

Alle anderen Sachen in der Brieftasche waren ihm wichtig gewesen, Personalausweis, Parteibuch, Omas Bild, die Mahnwache vor dem Nazi-Haus, der Schwerbeschädigtenausweis. Alle?

Warum war der Zettel mit der Adresse wichtig?

„Was meinst du, Mutti, ist das Opas Schrift?"

„Wilhelm Müller, Schäferstraße neunundzwanzig. Nee, guck doch, der Opa schreibt ganz anders."

Sie legte den aufgeschlagenen Personalausweis mit der krakeligen Unterschrift ihres Vaters daneben und rätselte noch eine Weile herum, ohne eine plausible Erklärung für das Bild und den Zettel finden zu können.

Ulla hörte ihr nur mit einem Ohr zu. Das andere lauschte nach innen, wo die Resignation der letzten Woche mit der aufkeimenden Wißbegier kämpfte. Ihrer Mutter hatte sie wenig von den Nachforschungen erzählt. Warum auch? Viel Unterstützung war von ihr nicht zu erwarten, dafür aber die Gefahr, daß sie nicht dichthielt. Den Tanz, den ihr Vater veranstaltet hätte, wenn er davon Wind bekommen hätte, wollte sie sich ersparen. Also schwieg sie, als ihre Mutter die Sachen seufzend wegpackte und leise ins Wohnzimmer schlich.

Als sie jünger war, hatten die Eltern Ulla sonntags nach dem Essen regelmäßig ins Kino geschickt. Jetzt schnarchte ihr Vater auf dem Sofa, und die Mutter blätterte in der Lesezirkelmappe.

Ulla holte die Brieftasche aus dem Küchenschrank, telefonierte und verließ kurz darauf die Wohnung.

„Schäferstraße neunundzwanzig".

Ulla betrachtete das Siedlungshäuschen von allen Seiten, den angebauten Windfang aus Glasbausteinen vor der Aluminiumtür, die Fenster mit den dreiviertellangen Tüllgardinen.

„Perfekte Tarnung für'n Profikiller", frotzelte Jimmy.

Wütend knuffte ihn Ulla in die Rippen.

„Spiel bloß nicht den Helden, Macker!"

In der Straßenbahn – Jimmys Maschine war defekt – hatten sie ausreichend Zeit gehabt zu überlegen, wer dieser Wilhelm Müller aus Emils Brieftasche sein konnte. Von Nazi-Verbrecher über Profikiller, Arbeitskollege bis Saufkumpan reichten die Möglichkeiten, wobei

Ulla die bedrohlichen, Jimmy die harmlosen eingefallen waren.

Für weitere Spekulationen war es jetzt zu spät.

Betont lässig ging Jimmy zur Haustür und schellte.

„Mach mal auf, Luise, hat geklingelt."

Willi Müller saß im Sessel und löste Kreuzworträtsel.

„Ich hab' nichts gehört", brummte seine Frau, ohne von dem Bildbericht in der „Neuen Frau" aufzusehen.

„Laß dir das gesagt sein, es hat einer geschellt!" bohrte ihr Mann.

„Wer soll das denn sein?"

„Weiß ich doch nicht!"

Der Rätselfreund schüttelte den Kopf.

„Siehste! Weißt du selber nicht", triumphierte seine Frau.

Das zweite Klingeln war unüberhörbar.

Luise Müller schob die Gardine ein Stück beiseite und lugte zum Eingang hinüber.

„Kenn' ich gar nicht, die beiden."

„Nu mach schon auf, Luise. Frag mal, was sie wollen."

Die Frau schlurfte durch den kleinen Flur und öffnete die Tür einen Spalt breit.

„Sind Sie Frau Müller?"

Jimmy merkte selber, daß das nicht besonders geistreich war. Das Namensschild hing direkt vor seiner Nase. Der Kopf in der Tür nickte.

„Können wir mal Ihren Mann sprechen, Frau Müller?"

„Was wollen Sie denn von dem?" fragte sie mißtrauisch.

Ulla schob ihren Freund etwas an die Seite.

„Frau Müller", begann sie so gewinnend wie möglich. „Ich hab' die Adresse von Ihrem Mann bei meinem Opa in der Brieftasche gefunden, und der hatte so einen komischen Unfall."

Weiter kam sie nicht.

„Mein Mann ist nicht da“, fiel ihr die Frau ins Wort und wollte gerade die Tür zudrücken, als jemand von hinten rief: „Was ist denn los, Luise? Was wollen die denn?“

Ulla konnte sich ein Grinsen nur mit Mühe verkneifen.

„Dürfen wir nicht doch reinkommen?“ bat Ulla.

Der Kopf im Türspalt verschwand. Dafür wurde die Sicherheitskette vorgelegt.

„Das ist wegen dem Unfall, Willi. Der alte Mann . . . die Todesanzeige.“

„Wer ist denn da? Polizei? Am Sonntagnachmittag?“

„Verwandschaft von ihm. Jetzt mußt du hin! Was brüllst du auch so. Ich hatte sie schon fast abgewimmelt.“

Zaudernd ging Müller zur Tür, beäugte die Besucher durch den Spion, bevor er öffnete.

„Guten Tag, Herr Müller.“

Ulla nickte ihm zu und zog den zerfledderten Zettel aus ihrer Jackentasche.

„Damit will ich nichts zu tun haben“, antwortete er hastig.

„Aber das haben Sie doch geschrieben, nicht wahr?“

Müllers Blick flackerte.

„Ich hab' nichts damit zu tun. Als ich kam, lag er schon da.“

Ulla war sprachlos.

„Haben Sie denn gesehen, ob ihn einer angefahren hat?“ sprang Jimmy ein.

„Wieso angefahren?“

„Dann ist der gar nicht angefahren worden?“

„Nein, umgeschubst!“

„Umgeschubst?“

Müller nickte.

„Dürfen wir nicht doch einen Moment reinkommen?“ bat Ulla.

Müller öffnete zögernd die Tür. Sie traten in den kleinen Flur. Die Frau hatte sich in der Wohnzimmertür aufgepflanzt und warf ihrem Mann giftige Blicke zu.

„Sie haben also gesehen, wie der Unfall passiert ist?" begann Ulla noch einmal ganz von vorn.

„So'n richtiger Unfall war das nicht", antwortete Müller, zwischen den fragenden Augen des Mädchens und den bohrenden Blicken seiner Frau hin- und hergerissen.

„Was denn dann?"

„Eine Prügelei. Eigentlich war das eine richtige Prügelei. Ich hab' noch gedacht: Komisch, zwei alte Männer wichsen sich auf offener Straße."

Nach dieser neuerlichen Offenbarung hatte Ulla den dringenden Wunsch, sich zu setzen. Aber die Frau füllte noch immer den Türrahmen in voller Breite und machte keine Anstalten, den Durchgang freizugeben. Dabei war die Diele kaum größer als eine Umkleidekabine im Hallenbad.

„Und dann haben Sie die Polizei alarmiert, als mein Opa am Boden lag?"

Luise Müllers Unterkiefer fiel auf ihr Doppelkinn.

„Willi, warum hast du mir nichts von der Polizei erzählt?" giftete sie.

„Weil ich die Polizei überhaupt nicht gerufen habe", versuchte er, sie zu besänftigen. „Ich hab' ihm nur auf die Beine geholfen und meine Adresse aufgeschrieben, mehr nicht. Als Augenzeuge brauchte er mich, hat er gesagt."

Ulla und Jimmy sahen sich ratlos an.

„Aber die Polizei hat ihn doch schwerverletzt unterm Moped gefunden?"

„Wie? Welches Moped?"

„Ja, seins, damit ist er doch gefahren!"

„Ich hab' kein Moped gesehen."

„Können wir uns nicht einen Augenblick setzen?" bat Ulla.

Seit einer Viertelstunde debattierten sie nun schon zu viert in der Minidiele.

Luise Müller sah Ulla an, merkte, wie blaß sie war, und gab den Weg frei.

Sie setzten sich auf die olivgrüne Couch unter das Zigeunermädchen mit der halb heraushängenden Brust, Müller nahm ihnen gegenüber Platz.

Seine Frau blieb in der Tür stehen.

Jimmy nahm das Gespräch wieder auf.

„Wieso haben Sie denn das Moped nicht gesehen? Wo standen Sie denn?"

„An der Haltestelle, wo ich immer auf den Anschluß warte."

Jimmy kannte sich in Dahlhausen nicht besonders aus.

„Wo ist denn da 'ne Haltestelle?" fragte er Ulla, und bei anderer Gelegenheit hätte sie sicher viel Freude an dem Gesicht gehabt, das er machte, als sie „nirgends" antwortete.

„Sicher ist da 'ne Haltestelle!" ereiferte sich Müller. „Direkt vor dem neuen Hotel hinterm Bahnhof."

Die nun entstehende Pause benutzte seine Frau, um ihm noch mal die Meinung zu sagen.

Ulla sah ihr Gegenüber an wie ein Vorschulkind. „Sie haben den Unfall oder die Prügelei in Bochum vor dem neuen Hotel hinterm Bahnhof beobachtet, haben meinem Opa auf die Beine geholfen, ihm eine Adresse gegeben und sind dann weggefahren."

Müller nickte heftig.

„Genauso ist es passiert."

„Nur, daß die Polizei ihn auf der Ferdinand-Krüger-Straße in Dahlhausen unterm Moped weggezogen hat", kommentierte Jimmy lakonisch.

Willi Müller sah sich hilfesuchend nach seiner Frau um. Ihre Unterstützung bestand aus einem gekeiften: „Ich hab' dir ja gleich gesagt, du sollst dich da raushalten".

Ulla hörte nicht auf das Gezänk der Eheleute. Sie hatte eine Idee.

„Wann war das denn, als Sie meinem Opa geholfen haben?“

„Warten Sie mal, das ist jetzt ... Luise, wann war das noch?“

Luise verschränkte die Arme vor dem Bauch und schwieg.

„Also drei Wochen ist das bestimmt her“, erklärte Müller nach einigem Nachdenken.

„Können Sie sich nicht an das genaue Datum erinnern oder wenigstens an die Uhrzeit?“

„Das kann ich genau sagen. Ich hatte nämlich den Anschluß verpaßt, und die Bahn um zehn nach fünf ist mir vor der Nase weggefahren. Deshalb stand ich da überhaupt.“

Jetzt hatte auch Jimmy begriffen.

„Der Unfall, bei dem ihr Opa schwer verletzt wurde, war mindestens drei Stunden später.“

Die Anspannung löste sich aus Willi Müller.

„Siehst du, Luise, ich hab’ ja gleich gesagt, daß ich nichts damit zu tun habe.“

Aber seine Gattin traute dem Frieden nicht, und sie behielt recht.

„Der Mann, mit dem sich mein Opa gestritten hat, wie sah der denn aus?“ fragte Ulla.

„Ja, wie sah der aus? Genauso alt wie Ihr Opa, vielleicht ein bißchen jünger. Ich hab’ ihn ja nur kurz gesehen. Und vornehm angezogen war er.“

„Woher kam der denn?“

„Was weiß ich, wo der herkam. Ich hab’ nur gesehen, daß er nachher ins Hotel gegangen ist.“

„Und das war wirklich das Hotel am Bahnhof?“

„Sicher.“

Ulla kramte in ihrer Jackentasche.

„Ich habe nämlich bei meinem Opa dieses Bild gefunden. Von einer Tagung des Hotelierverbandes.“

Willi Müller nahm das Bild, hielt es in einem guten halben Meter Abstand vor seine Nase.

Die Brille lag auf dem Servierwagen neben der Illustrierten.

Ulla reichte sie ihm. „War das einer von denen?“

„Aber das ist doch unser Oberbürgermeister“, stellte Müller fest.

„Und die anderen drei?“

„Der hier ist es auch nicht, der ist zu jung. Aber die beiden, das könnte er sein.“

„Welcher von beiden?“

„Der hier.“

Ulla ließ sich das Zeitungsfoto zurückgeben und las noch mal die Bildunterschrift.

„Heinrich Lembke, Westerland“, verkündete sie und reichte den Ausschnitt an Jimmy weiter.

„Hat mein Opa Ihnen eigentlich erzählt, wie es zu der Prügelei gekommen ist?“ fragte sie unvermittelt.

Willi Müller überlegte.

„Wissen Sie, das ging alles so schnell, und ich wollte auch meine Bahn mitkriegen. Aufgeregt war er, das stimmt. Warten Sie mal, was hat er noch immer gesagt? . . . Ich weiß nicht mehr.“

Ulla sah ihren Freund von der Seite an.

„Fällt dir noch was ein, Jimmy?“

Jimmy fiel nichts mehr ein.

Ulla bedankte sich bei Müller und stand auf.

„Und was wollen Sie jetzt machen? Ich meine, was haben Sie jetzt davon?“ fragte er.

Ulla zuckte mit den Achseln.

„Vielleicht zur Polizei gehen, ich weiß wirklich noch nicht.“

Als die beiden gegangen waren, brachen im Hause Schäferstraße 29 die Dämme, und eine Flut von Vorwürfen, Unheilprophezeiungen und Beschimpfungen ergoß sich über Willi Müller, der erst nach einer Stunde dazu kam, das begonnene Kreuzworträtsel zu beenden.

Lebensbund mit drei Buchstaben? Willi Müller seufzte und schrieb EHE.

Um diese Zeit saßen Ulla und Jimmy im Café und schauten aus dem Fenster in die menschenleere Straße. Beide Straßenränder waren mit Autos zugeparkt. Der alte Ford an der Ecke, der kurz nach ihnen gekommen war, fiel nicht weiter auf.

„Ihre Schokolade, bitte schön."

Der Flatterrock der Bedienung schwebte zum nächsten Tisch, ohne Eile. Der Raum war voll junger Leute und solchen, die sich dafür hielten. Leise Musik untermalte die gedämpften Gespräche. Ein weißer Kakadu saß wie ausgestopft auf der Stange. Unter der Decke säuselte der Ventilator.

„Eigentlich müßten wir jetzt zur Polizei gehen", begann Ulla.

Ein weißer Sahnetupfer vom Kakao klebte auf ihrer Nase.

Jimmy wischte ihn mit der Fingerspitze weg. „Und uneigentlich?"

„Uneigentlich kann ich mir lebhaft vorstellen, was dabei herauskommt. Oder meinst du, die Cracks von der Dahlhauser Wache sind heiß auf die Geschichte?"

„Das ist doch jetzt gar nicht mehr deren Bier, Ulla. Das ist doch eine Sache für die Kripo."

„Und die sitzt im Stockwerk drüber, im selben Haus! Eine Krähe hackt der anderen kein Auge aus, hat Opa immer gesagt."

„Hat dein Opa auch 'ne Idee, was wir sonst machen könnten?" fragte Jimmy.

Er klemmte auf einem der unbequemen kleinen Kaffeehausstühle zwischen Tisch und Wand und merkte, daß ihm langsam das rechte Bein einschlief.

„Sicher", antwortete Ulla keß. „Er meint, wir sollten mal einen Kumpel von ihm fragen. Knippel zum Beispiel."

Sie leerte ihre Tasse, legte das Geld neben den Kassenbon und holte ihre Jacke. Jimmy zwängte sich aus seiner Ecke und humpelte hinterher.

Draußen hakten sie sich ein und stiefelten an den Schaufenstern der Schickerialäden am Bahnhof vorbei. Der Ring zum Stadtpark zog sich mächtig hin. Jimmy, der auch zum Brötchenholen beim Bäcker um die Ecke die Suzuki benutzte, ärgerte sich, daß er die Maschine gestern nicht wieder zum Laufen gebracht hatte.

Dabei kam man mit dem Auto kaum schneller voran. Der verbeulte Ford, der gleichzeitig mit ihnen beim Café losgefahren war, hing vor jeder roten Ampel.

Erst unten am alten Bahnhof Nord, wo außer ihnen niemand lief, merkten sie, daß das kein Zufall war.

Das vollbesetzte Auto fuhr im Schrittempo neben Jimmy, ganz dicht am Bordstein. Hinten wurde die Scheibe heruntergekurbelt. Ein junger Mann, höchstens achtzehn, legte den Arm auf die Tür, streckte den frischgeschorenen Schädel aus dem Fenster und schrie: „Ä, Meista, wollze wat vor de Fresse ham?"

Jimmy drückte Ulla weg vom Bordstein und legte einen Schritt zu. Der Ford blieb auf gleicher Höhe. Auch am Fenster des Beifahrersitzes erschien jetzt ein Skinhead, in dem Jimmy einen der Typen von der Trinkhalle erkannte.

„Wo wollze denn so schnell hin, Meista? Bei die Pännas am Schwanenmarkt?"

„Jau, kuckt ma, der will bei die Berba!" grölte der auf dem Hintersitz.

Die anderen im Auto brüllten vor Vergnügen.

Tatsächlich saßen auf der Bank in der kleinen grünen Insel zwischen Ring, Castroper Straße, Bahndamm, Bude und Pissoir ein paar heruntergekommene Gestalten.

Angefeuert vom Gebölke der Skins begannen sie zu randalieren.

Ulla und Jimmy mußten zwischen beiden Gruppen durch.

Sie faßten sich an der Hand, rannten durch, über die rote Ampel der Castroper Straße, am Bahndamm entlang, rechts in die Bergstraße. Hinter der Unterführung, vor dem Krankenhaus, war das Auto wieder neben ihnen.

„Wat hass du dat denn so eilig, Meista? Willze nix mit uns zu tun ham, oda wat?"

Die Besucher, die in hellen Scharen das Augusta verließen, blieben stehen, blockierten den Gehweg vor der Pforte.

Die beiden zwängten sich zwischen ihnen durch, hasteten weiter.

Am Museum stoppte eine rote Ampel den Ford.

Sie gewannen einen kleinen Vorsprung. Ulla fiel in langsameren Schritt und faßte sich an die Hüfte.

„Komm, noch hundert Meter, die schafftst du!"

Jimmy legte seinen Arm um sie, zog sie mit.

An der Ecke, fünfzig Schritte vor Knippels Haus, überholte sie der Ford, bremste quietschend auf dem Basalt der Straße.

Die Türen flogen auf.

Fünf Skins sprangen auf den Bürgersteig, kamen brüllend auf sie zu, stoppten nicht, rannten sie einfach um.

Ulla am Boden, Schnürstiefel vor den Augen, hörte, wie Jimmy schrie, sah die Stiefel ausholen und zutreten, spürte den Schmerz, als sei es ihr eigener, hörte das Kommando: „Schluß, dat reicht für den Schnüffler!" Dann sah sie die Stiefel wegtrampeln, hörte Türenschlagen, Motorheulen und stand bei Jimmy.

Der lag auf dem Bauch, die Arme schützend über dem Kopf.

Vorsichtig nahm sie einen Arm weg.

„Sie sind weg", flüsterte sie.

Jimmy sah sie an, versuchte ein Lächeln. Sein Gesicht war in Ordnung. Er schnaufte, schloß die Augen und richtete sich auf. Auf die Hände gestützt, die Beine gespreizt, saß er auf den Gehwegplatten. Er spürte, wie sein Herz von innen gegen den Brustkorb hämmerte und sich nur langsam wieder beruhigen wollte.

Er kämpfte gegen das Gefühl der Lähmung an, das von ihm Besitz ergriffen hatte, und zog mühsam ein Bein an.

Es klappte.

Jetzt rappelte er sich auf, saß in der Hocke, kam langsam hoch, auf Ullas Schulter gestützt. Mit steifen Knien ging er mit ihr die letzten fünfzig Meter, mußte sich an die Hauswand lehnen, als Ulla den Klingelkopf betätigte, und hatte Mühe, das Treppenhaus hinaufzukommen. Warum mußte der ausgerechnet unterm Dach wohnen? Aber er schaffte es dann doch, mit Ullas Hilfe und Pausen auf jedem Treppenabsatz.

Knippel führte sie in sein Arbeitszimmer, bugsierte Jimmy in einen Sessel, goß ihm Sherry ein.

„Das weckt die Lebensgeister", sagte er und lauschte Ullas Bericht.

„Kann ich mal das Zeitungsfoto sehen?" bat er, als sie zum Ende gekommen war.

Lange betrachtete er die Gesichter der Männer auf dem Bild, holte schließlich eine Lupe aus dem Schrank und richtete sie auf das Konterfei des Sylter Hoteliers, mit dem Emil Strothkämper sich kurz vor seinem ungeklärten Tod geprügelt hatte.

Ulla rutschte nervös im Sessel hin und her. Geduld war nicht ihre Stärke.

„Kennen Sie den?" drängte sie.

Der Alte blickte von dem Bild auf, legte die Lupe beiseite.

„Ich bin mir nicht sicher."

Enttäuscht blies Ulla den Atem durch die Nase, aber Knippel ließ sich davon nicht beeindrucken.

„Ich müßte ihn in natura sehen, hören, wie er spricht."

„Von wem redet ihr denn?"

Jimmy hing ausgepumpt in seinem Sessel und starrte die beiden groß an.

„Von Karl Augsburger.“

Knippel stand auf, ging im Zimmer auf und ab. Diagonal, die Finger rhythmisch spreizend.

Nach der dritten Wende blieb er vor Ulla stehen.

„Es hilft nichts, wir müssen die Polizei einschalten. Das, was jetzt kommt, ist einfach eine Nummer zu groß für Sie. Geben Sie mir mal die Anschrift des Zeugen und den Zeitungsausschnitt. Morgen früh ruf' ich bei der Kripo an. Ich denke, die alten Kontakte werden noch funktionieren.“

Er legte die Sachen auf den Schreibtisch am Fenster, beschwerte sie mit einem Hefter.

„Und was machen wir mit Ihnen?“

Er sah Jimmy bekümmert an.

„Brauchen Sie einen Arzt?“

Jimmy schüttelte den Kopf. Er fühlte sich nur noch schlapp, wollte sich hinlegen, um sich auszuruhen. Er ließ sich auch von Ulla nicht überreden.

„Röntgen, so'n Quatsch!“

„Also gut“, resignierte der Alte, ging zum Telefon und bestellte ein Taxi.

„Sobald sich etwas tut, ruf' ich an“, versprach er Ulla, während er dem Fahrer einen Schein in die Hand drückte.

„Fahren Sie die Herrschaften bitte nach Hause.“

20

Horst Brinkmann war neunundfünfzig und im Gegensatz zu vielen Gleichaltrigen erpicht darauf, das nächste Jahr so schnell wie möglich hinter sich zu bringen. Polizisten gehen mit sechzig in Pension. Brinkmann war Hauptkommissar bei der Bochumer Kriminalpolizei. Er hatte alle Sprossen der Beförderungsleiter erklommen und sämtliche Dienstalterszuschläge kassiert. Seine Versorgungsbezüge standen fest. Als er vor 35 Jahren bei der Kripo angefangen hatte, hätte er sich nicht träumen lassen, als Hauptkommissar pensioniert zu werden. Hauptkommissare galten damals als „hohe Tiere", und man mußte Erfolge vorweisen können, um so weit hinauf zu kommen. Aber die Zeiten hatten sich geändert. Brinkmanns Karriere war dafür der beste Beweis. Er hatte keine spektakulären Fälle gelöst, seine Beförderungen hatte er sich redlich ersessen.

Rechtsanwalt Knippel, dem er seine Einstellung bei der Polizei verdankte, hatte er lange nicht gesehen. Umso größer war die Überraschung, als der alte Herr ihn anrief und seinen Besuch ankündigte. Knippel war ein enger Freund seines verstorbenen Vaters gewesen und nannte den Hauptkommissar immer noch beim Vornamen. Brinkmann blieb nichts anderes übrig, als ihn weiter mit Onkel Rudi anzureden.

Die Geschichte, die Knippel ihm auftischte, überzeugte Brinkmann nicht.

„Ich finde, das ganze klingt ein bißchen nach ‚Emil und die Detektive'", gab er zu bedenken.

Aber der Alte blieb stur.

„Du könntest wenigstens das Moped auf Spuren untersuchen lassen, Horst."

„Das ist mit Sicherheit schon passiert, aber wenn es dich beruhigt, ruf' ich in Dahlhausen an."

Dort konnte sich niemand an den Unfall erinnern. Der Wachhabende bat ihn, am Nachmittag noch einmal anzurufen, wenn die Gegenschicht im Dienst sei.

Als er es um drei versuchte, hatte Brinkmann mehr Glück. Polizeihauptmeister Lochner erinnerte sich an den Unfall und fand nach einigem Suchen den Unfallbericht.

„Schauen Sie doch mal nach, ob zum Unfallhergang Genaueres ermittelt wurde, Herr Kollege", bat Brinkmann.

Lochner war zu lange bei der Polizei, um nicht zu merken, daß etwas nicht stimmte. Warum interessierte sich der Leiter des ersten Kommissariats für eine längst vergessene Routineübung?

Nervös blätterte er im Unfallbericht und überflog die dürftigen Angaben zum Unfallhergang.

„Moment, Herr Hauptkommissar, ich gebe Ihnen den Kollegen Schwandt, der den Bericht geschrieben hat."

Bevor Brinkmann antworten konnte, legte Lochner den Hörer auf den Schreibtisch und rief Arthur Schwandt, der im Aufenthaltsraum mit Erwin Cibulla einer liebgewordenen Tätigkeit nachging.

„Was haben Sie denn zum Unfallhergang ermittelt?" fragte Brinkmann ihn. Seine Stimme klang ungeduldig.

„Der Unfallhergang, ja, also wissen Sie, da war nicht viel zu ermitteln. Als wir da angekommen sind, lag der schon da. Augenzeugen gab es auch nicht."

„Am Fahrzeug haben Sie keine Spuren festgestellt, die auf Fremdeinwirkung schließen ließen?"

„Ich habe mich mehr um den Verletzten gekümmert, Herr Hauptkommissar. Aber mein Kollege, vielleicht weiß der mehr. Der hat das Moped verladen."

Schwandt rief Erwin Cibulla.

Am anderen Ende der Leitung tobte Brinkmann, aber sein Gesprächspartner hatte den Hörer vom Ohr genommen und erklärte Cibulla leise, worum es ging.

„Also, Sie haben sich um das Unfallfahrzeug gekümmert? Ist das richtig?" fragte Brinkmann, dessen Zorn in Resignation über den Zustand der Schutzpolizei umschlug.

„Was heißt hier gekümmert, Herr Hauptkommissar? Ich habe es in den Bus gepackt und das Eigentumssicherstellungsverfahren durchgeführt."

„Auf die Idee, das Moped auf Spuren von Fremdeinwirkung untersuchen zu lassen, sind Sie nicht gekommen?"

„Der Fall war doch klar, Herr Hauptkommissar. Kopfsteinpflaster, Regen, Alkoholeinfluß, und der Fahrer war Mitte siebzig."

„Das mag ja alles sein, aber Sie kennen doch auch die Dienstanweisung, wonach Unfallfahrzeuge grundsätzlich auf Spuren von Fremdeinwirkung untersucht werden müssen."

Cibulla schwieg.

„Außerdem gab es Hinweise. Ich habe erfahren, daß die Enkelin des Mannes auf der Wache gewesen ist und einen diesbezüglichen Verdacht geäußert hat."

„Mit mir hat die nicht gesprochen, Herr Hauptkommissar."

Er sah sich hilfesuchend in der Wachstube um.

„Lochner", sagte Schwandt leise. Seine Lippen formten ein kreisrundes O, als ob er zu einem Taubstummen spräche.

„Wo ist der?" fragte Cibulla ebenso leise zurück.

„Scheißhaus", flüsterte Schwandt.

„Moment, Herr Hauptkommissar, der Kollege, der mit dem Fräulein gesprochen hat, ist gerade austreten. Ich hole . . ."

„Jetzt reicht's mir aber!" unterbrach Brinkmann ihn. „Wir sind doch nicht im Kindergarten. Einer schiebt es auf den anderen. Was meinen Sie eigentlich, wen Sie vor sich haben? Sagen Sie mir doch mal Ihren Namen und Dienstgrad!"

„Cibulla, Erwin, Polizeiobermeister, Herr Hauptkommissar!"

Unwillkürlich hatte er Haltung angenommen, wartete mit hochrotem Kopf auf die Fortsetzung der Strafpredigt.

Die blieb aber aus.

Brinkmann kritzelte das Gehörte zwar auf seine Schreibtischunterlage, hatte aber keine Lust, sich wegen der drei Experten weitere Arbeit zu machen.

„Schicken Sie mir bitte sofort eine Kopie des Unfallberichts", befahl er barsch und ließ sich vorab das Mopedkennzeichen und die Registriernummer des Eigentumssicherstellungsverfahrens durchgeben.

Bei der Spurensicherung war man nicht gerade begeistert über seine Bitte, das Moped gründlich unter die Lupe zu nehmen. Es bedurfte eines Anrufs beim Chef der Abteilung, einem Mann in Brinkmanns Alter, um ohne schriftlichen Antrag zum Ziel zu gelangen.

Als Brinkmann zwei Tage später von einer ausgedehnten Mittagspause ins Büro zurückkehrte, lag der Kurzbericht der Spurensicherer schon eine Stunde auf seinem Schreibtisch.

Das Ergebnis war eindeutig: weiße Lackspuren am Rahmen, das Schutzblech hinten rechts verbeult, auch dort Reste von weißem Lack.

„Also doch!" murmelte der Hauptkommissar und strich sich nachdenklich über die Haarsträhnen, die vom mit den Jahren immer tiefer gerutschten Scheitel über seine Glatze liefen, um sich auf der anderen Seite mit dem dortigen Haarkranz zu vereinigen. „Sardellenbrötchen", hatte ein Kollege die kunstvolle Frisur beim Bier getauft und Brinkmanns wütende Reaktion hatte dafür gesorgt, daß diese Bezeichnung als Spitzname an ihm kleben blieb.

Brinkmann kramte in der Schreibtischschublade nach den Unterlagen, die Knippel dagelassen hatte. Man mußte noch einmal mit diesem Wilhelm Müller reden. Und der Zeitungsausschnitt – von wann stammte der eigentlich?

Der Hauptkommissar blickte aus dem Fenster in den Oktoberregen. Er hatte keine Lust auf Außendienst. Andererseits, sollte er die Vernehmung jemand anderem übertragen und sich nachher von den Kollegen bespötteln lassen, weil er Leuten beim Detektivspiel half?

Brinkmann ging ins Nebenzimmer, in dem ein junger Bursche aus seinem Kommissariat an einem Bericht tippte. Der Hauptkommissar ließ den Zeitungsausschnitt kopieren und schickte ihn damit zur Geschäftsstelle der WAZ, um das Erscheinungsdatum zu ermitteln. Das Original nahm er zur Vernehmung mit.

Fast gleichzeitig trafen die beiden zwei Stunden später, pünktlich zum Feierabend, wieder im Präsidium ein. Weil Brinkmann vergessen hatte, ihm zu sagen, daß der Artikel vor Strothkämpers Tod erschienen sein mußte, hatte sein Mitarbeiter bei der jüngsten Ausgabe der WAZ begonnen und nach nervtötendem Blättern das Foto in der Ausgabe des 13. September gefunden.

Nervtötend war auch die Vernehmung gewesen. Eine halbe Stunde hatte es gedauert, bis Brinkmann den völlig verängstigten Mann soweit beruhigt hatte, daß er auf Fragen zur Sache einigermaßen vernünftig antworten konnte. Aber die Aussagen blieben vage. Von der Prügelei wollte Müller nicht viel mitbekommen haben, das genaue Datum war nicht mehr herauszubekommen, und ob der Mann auf dem Zeitungsfoto wirklich einer der Streithähne war, konnte er auch nicht mit hundertprozentiger Sicherheit sagen. Dazu kam noch diese Frau! Brinkmann kannte ähnliche Ehen, an deren Ende die Mordkommission dem Scheidungsrichter die Arbeit abnehmen mußte. Mißmutig blätterte er in dem Unfallbericht, der inzwischen eingetroffen war.

Mit so einem Mist muß ausgerechnet ich mich beschäftigen, fluchte er innerlich und hätte den Bericht samt Zeitungsausschnitt und Notizen am liebsten durch den Reißwolf gejagt.

Am nächsten Morgen unternahm er einen letzten Versuch, Klarheit über den Überfall in Dahlhausen zu gewinnen. Er holte Frau Storch, Sekretärin, Telefonwache und Kaffeemaschine des ersten Kommissariats, zum Diktat. Mit den neuen Diktiergeräten kam er wie viele ältere Beamte nicht zurecht.

Die vierzigjährige, rundliche Frau setzte sich mit Stenoblock und Bleistift an die Vorderseite seines Schreibtisches.

„Wir schicken ein Telex an die Kollegen von der Kripo auf Sylt, Frau Storch. Betreff: Heinrich Lembke, Westerland, Anschrift hier nicht bekannt."

Die Sylter Kripo schien außerhalb der Saison nicht überlastet zu sein. Die Antwort traf bereits am nächsten Nachmittag im Präsidium an der Uhlandstraße ein. Ein Bote brachte die Umlaufmappe mit dem Fernschreiben ins erste Kommissariat. Brinkmann war nicht da. Wie jeden Mittwochnachmittag hockte er mit den Leitern der übrigen Kommissariate in der Wochenbesprechung beim Chef. Nach zwei Stunden ermüdenden Monologs des leitenden Kriminaldirektors über die „Lehren aus dem Einsatz der Ordnungskräfte im Rahmen der sogenannten Widerstandstage der sogenannten Friedensbewegung" und daran anschließendem Co-Referat, vorgetragen vom neuen Leiter des 14. Kommissariats, schlich er zurück in sein Büro, ließ sich in den Schreibtischsessel plumpsen und blätterte lustlos in der Postmappe. Das Telex aus Sylt lag obenauf.

Betreff: Heinrich Lembke, geb. 18. 12. 08, wohnhaft: 2280 Westerland/Sylt, Uferstraße 13. In Beantwortung Ihres Fernschreibens vom 12. 10. 83 teilen wir Ihnen folgendes mit:
1. Der Obengenannte ist Halter eines PKWs der Marke Mercedes-Benz, Typ 350 SE, Baujahr 82, Farbe: weiß
2. Durch Inaugenscheinnahme wurde ermittelt, daß an dem Fahrzeug keine Spuren eines Zusammenstoßes festzustellen sind.
Nachfragen bei der einzigen Mercedes-Vertragswerkstatt der Insel ergaben, daß der Obengenannte dort zwar Kunde ist, der PKW dort aber zuletzt im August zur Ein-Jahres-Inspektion weilte.
3. Aufgrund der Ermittlungen zu 2. haben wir von einer Überprüfung des Alibis des Obengenannten Abstand genommen. L. ist Besitzer des Hotels ‚Seeadler' und ein angesehener Bürger unserer Insel."

Nichts Halbes und nichts Ganzes, dachte Brinkmann – wie alles an diesem Fall.

In den frühen Morgenstunden des nächsten Tages entdeckte eine Zeitungsfrau an der Mauer des Elisabeth-Krankenhauses – dort, wo die warme Luft aus den Kellerräumen auf die Straße geblasen wird – die Leiche eines Stadtstreichers. Der Mann war mit einer Flasche erschlagen worden.

Brinkmann traf um fünf am Tatort ein. Die Fahndung lief nach dem in ähnlichen Fällen erprobten Schema ab.

Er hatte sich das „Christopherus-Haus für Seelenpflegebedürftige" ausgesucht, hielt ungefähr fünfzig abgewrackten Menschen das Polaroidfoto des Erschlagenen unter die Nase, ohne von ihnen auch nur den Namen des Toten zu erfahren.

Entsprechend war seine Laune, als er um zehn Uhr gähnend und mit knurrendem Magen sein Büro betrat.

Dort erwartete ihn ein Besucher, der sich offenbar heimisch fühlte. Er hatte den dickgefütterten Wildledermantel und die dazu passende Pelzkappe auf den Besucherstuhl gelegt und sich, die großen Augen der Sekretärin ignorierend, in Brinkmanns bequemen Schreibtischsessel fallen lassen. Nach halbstündigem Warten kannte er den Inhalt der Postmappe des Hauptkommissars ebenso wie die Notiz, die Brinkmann bei der Vernehmung angefertigt hatte.

„Onkel Rudi, was machst du denn hier?"

„Störe ich?" fragte der alte Herr zurück.

Der Hauptkommissar würgte seinen Unmut über den dreisten Besucher herunter und reichte ihm die Hand. Weil er sich nicht traute, den Alten von seinem Platz zu vertreiben, machte er den Besucherstuhl frei und setzte sich dorthin.

Frau Storch kam mit vier belegten Brötchen und einem Becher Kaffee.

„Ach, eine Tasse Tee könnte ich jetzt auch vertragen“, bemerkte Knippel, und Brinkmann gab seiner Sekretärin einen Wink.

„Du gestattest doch, daß ich frühstücke, während wir uns unterhalten?“

Ohne die Antwort abzuwarten, schlang er das erste Käsebrötchen herunter, erzählte dabei von dem nächtlichen Mord und endete mit einer Klage über den anstrengenden und undankbaren Polizeidienst.

„Hast es ja bald hinter dir“, war Knippels einziger Kommentar.

Frau Storch brachte den Tee.

Mit spitzen Fingern hob Knippel den Beutel aus dem Glas.

„Zu meiner Zeit trank man hier richigen Tee.“

„Wir sind nicht mehr englisch besetzt, Onkel Rudi“, versuchte Brinkmann zu scherzen.

„Leider.“

Knippel goß einen kräftigen Schluck Milch in den Tee. „Und was hast du in der Sache Strothkämper ermittelt?“

Brinkmann berichtete in groben Zügen, wobei er die Fakten wie den weißen Mercedes des Hoteliers herunterspielte und die vorhandenen Unklarheiten herausstrich.

„Mit anderen Worten, du willst einstellen?“

„Was soll ich denn sonst machen?“, fragte Brinkmann mit gespielter Ratlosigkeit. „Alle Mercedes-Werkstätten von hier bis Flensburg abklappern?“

„Mein lieber Horst“, begann Knippel und nestelte am Knoten seiner Krawatte, „stell dich nicht dümmer, als du bist. Soll ich als pensionierter Rechtsanwalt dir etwa erklären, wie man eine ordentliche Untersuchung führt? Als ob du nicht selbst wüßtest, daß die Spurensicherung sehr wohl feststellen kann, ob Lackschäden behoben oder Kotflügel ausgetauscht wurden. Und nach seinem Alibi haben diese Strandpiraten den feinen Herrn nicht einmal gefragt.“

Erregt blätterte er in der Postmappe, zog das Fernschreiben heraus und zitierte: „L. ist Besitzer des Hotels ‚Seeadler' und ein angesehener Bürger unserer Insel."

„Jetzt mach aber mal einen Punkt! Soll ich dir sagen, wie ich den Fall sehe?" konterte Brinkmann.

Knippel lehnte sich zurück, und schloß die Augen.

„Ich bin ganz Ohr."

„Also gut. Ein alter Mann von 75 Jahren fährt bei schlechtem Wetter unter Alkoholeinfluß mit seinem Moped. Auf einer Kopfsteinpflasterstraße rutscht er aus und fährt gegen den Bordstein oder was auch immer und bleibt bewußtlos liegen. Schädelbasisbruch. Im Krankenhaus phantasiert der Alte seiner Enkelin was von einem weißen Mercedes vor. Dann stirbt er. Die Kleine setzt sich in den Kopf, daß ihr Opa ermordet wurde, rennt von Pontius zu Pilatus und gräbt alte Geschichten aus, die in keinem Zusammenhang mit dem Unfall stehen. Und Leute wie du, die es eigentlich besser wissen müßten, unterstützen sie dabei. Tut mir leid, bei solchen Kindereien mach' ich nicht mit!"

Brinkmann schüttelte heftig den Kopf. Die grauen Strähnen auf seiner Glatze verloren den Halt und fielen auf die linke Schulter. Hektisch griff er darunter und klappte sie zurück.

Knippel hatte die Augen wieder geöffnet und verfolgte den Vorgang mit Interesse. Er stand auf, zog mühsam seinen Mantel an.

„Was willst du jetzt machen?" fragte Brinkmann seinen ehemaligen Gönner.

„Die Ermittlungen zu Ende führen."

An der Tür drehte Knippel sich noch einmal um.

„Hast du eigentlich Hemingway gelesen, Horst?"

Brinkmanns Gesicht war ein einziges Fragezeichen.

„Der hat seinen Lesern den Rat gegeben, sich auf niemanden zu verlassen, der sich die Haare über die Glatze kämmt. Ich denke, er hatte recht."

21

Von seinem ersten Flug hatte sich Jimmy viel versprochen: blauen Himmel, bizarre Wolken, Städte und Dörfer im Westentaschenformat, Wälder, Flüsse und Seen aus der Vogelperspektive.

Jetzt saß er hinter dem Bullauge der DLT 954 und ärgerte sich. Graue Wolken hatten die Lufthansamaschine Minuten nach dem Start in Düsseldorf verschluckt.

Jimmy war aber nicht der Typ, der sich davon die Laune verderben ließ. Es gab häßlichere Arten, eine Woche kurzzuarbeiten als diese hier.

Zu Hause hatte seine Mutter den Kopf geschüttelt.

„Junge, in wat für Kreise hast du dich bloß eingeschlichen?“

Ulla saß eine Reihe vor ihrem Freund am Fenster.

Ihr Vater wähnte sie auf Besuch bei einer ehemaligen Klassenkameradin, die in Hamburg studierte, und seine einzige Sorge galt der sittlichen Gefährdung, der seine Tochter dort ausgesetzt war. Nur ihre Mutter kannte das wirkliche Reiseziel.

Der einzige, der keinen Ärger mit den Eltern gehabt hatte, war Rudolf Knippel. Er hatte seine Tochter beim Frühstück kurz informiert und ihr seine Adresse hinterlassen.

Sie kannte das Hotel aus den sechziger Jahren, als sich am Kampener Nacktbadestrand bei Buhne 16 der Jet-set traf und Mädchen wie sie in Karlchens Bar keinen Drink selbst bezahlen mußten. Gunther Sachs & Co. hatten der Insel zwar längst den Rücken gekehrt, doch davon hatten sich die Hotelpreise bei ihrem steilen Anstieg nicht irritieren lassen. Seine Tochter wußte das. Es ärgerte sie, daß er in seinem Alter noch so viel Geld ausgeben mußte. Knippel hingegen ärgerte das Schielen nach seinem Erbe schon lange. Genüßlich hatte er ihr von den beiden jungen Leuten erzählt, die auf seine Kosten mitreisen sollten.

Die Stimme der Stewardeß riß Jimmy aus seinen Gedanken.

Um ihn herum klickten die Gurte, die Maschine sackte tiefer, sein Darm sackte mit.

„Runtergekommen sind bis jetzt noch alle“, kalauerte er und verrenkte den Hals am Fenster.

Die Wolken wurden dünner und gaben den Blick auf das glatte Grau der Nordsee frei, das von Sekunde zu Sekunde näher kam und sich in grüne, schwarze und silberne Strömungen auflöste.

„Ist das eigentlich 'n Wasserflugzeug?“ stöhnte er.

Irgendwoher kannte er dieses Gefühl des Ausgeliefertseins. Als der Abstand nur noch hundert Meter betrug, fiel es ihm ein.

„Wie auf'm Zehner im Südbad, wenn du vorn stehst und nicht mehr zurück kannst.“

Statt zu antworten, tippte Ulla gegen die Scheibe. Vor ihnen lag die Insel, das Flugbild eines kopflosen Falken, in das Watt gedrückt.

Unten dann, nach dem rumpelnden Aufsetzen, dem quiekenden Schrei der alten Dame, dem erleichterten Losschnallen, als sie schon ihre Koffer in der Hand hatten und Knippel dem Taxifahrer ihr Fahrtziel nannte, atmete Jimmy erleichtert auf.

Das Hotel „Seeadler“ lag mitten in Westerland, dem größten Ort auf Sylt, einem ehemaligen Fischerdorf, das vor hundert Jahren vom Tourismusvirus befallen worden war und seitdem im Fieber lag.

Kurgastsilos mit mehr als zehn Stockwerken verstellten den Ankömmlingen den Blick auf den Strand, Souvenirläden, Imbißstuben, Diskotheken und Boutiquen standen Spalier in den Straßen, durch die sie fuhren. Weder McDonald's noch Beate Uhse fehlten. Nur ab und zu sahen sie im Vorbeifahren eines der alten Backsteinhäuser mit einer Veranda aus weißem Holz, erbaut im ehrwürdigen Stil aller Seebäder dieser Erde.

Um so überraschter waren sie, als das Taxi vor einem

einstöckigen, weißgetünchten reetgedeckten Friesenhaus hielt, an dessen spitzem Giebel kunstgeschmiedete Lettern seinen Namen verkündeten.

„Hotel Seeadler".

Darunter das Baujahr: 1872.

Aus dem Eingang sprintete ein junger Mann in dunkler Livree mit passender Mütze, bemächtigte sich ihres Gepäcks und verschwand damit im Haus. Die Tür wurde von innen geöffnet, und die drei betraten die Empfangshalle, einen wohnlichen Kaminraum mit roten Samtsesseln und gleichfarbigen Stofftapeten.

Durch die schmalen Sprossenfenster drang fahles Herbstlicht in den Raum, zuwenig allerdings, um mit dem warmen Feuerschein der lodernden Buchenscheite konkurrieren zu können. Von der Wand sah ein hölzernes friesisches Bauernpaar auf die neuen Gäste herab.

„Kann ich den Herrschaften helfen?"

Rudolf Knippel fuhr herum.

An der Rezeption stand ein Mann in seinem Alter, vielleicht etwas jünger. Sein Haar war silbergrau und voll. Der Mann aus der Zeitung, der Hotelier mit dem goldenen Zimmerschlüssel, Heinrich Lembke.

Heinrich Lembke?

Knippel kramte in seinen Erinnerungen nach Bildern, die zu diesem Gesicht paßten.

„Guten Tag. Ich hatte telefonisch ein Einzel- und ein Doppelzimmer reservieren lassen", antwortete er schließlich.

„Wie ist denn Ihr werter Name?"

„Knippel, Rudolf Knippel aus Bochum."

Wenn er es tatsächlich ist, für den wir ihn halten, und sich an mich erinnert, wird er vielleicht nervös und macht Fehler. In dieser Hoffnung hatte Knippel sich für Lembkes Hotel und gegen einen falschen Namen entschieden.

Aber entweder kannte der Hotelier seinen Gast wirklich nicht, oder er hatte sich völlig unter Kontrolle.

Mit professioneller Höflichkeit begann er ein kleines Gespräch über die Stadt, von der man in letzter Zeit so viel Erfreuliches hörte, das richtungweisende Schauspielhaus, den VfL mit seiner jungen Mannschaft, die Sternwarte nicht zu vergessen. Er selbst habe vor ein paar Wochen das Vergnügen gehabt, in ihren Mauern zu weilen, beim Hotelier-Kongreß. Also wirklich, den Kohlenpott habe er sich ganz anders vorgestellt.

Knippel lächelte dankbar.

Ja, ja, es habe sich viel verändert seit dem Krieg, aber mit dieser Insel, der Königin der Nordsee, dem St. Tropez des Nordens, dem schmalen Band zwischen den Meeren, da käme man natürlich nicht mit. Schon als junger Mann habe es ihn hierhergezogen, aber erst jetzt, mit einer erwachsenen Enkelin im Gepäck, sei er endlich da.

Eine gute Zeit hätten die Herrschaften sich ausgesucht, befand Lembke, ruhig und erholsam, nur Kenner kämen jetzt. Sein Haus gehöre zu den wenigen, die in dieser Zeit Gäste aufnähmen. Mit einer einladenden Handbewegung bat er um Erledigung der Anmeldeformalitäten.

Ihre Zimmer lagen in einem Seitenflügel des Hotels, einstöckig wie das Stammhaus, aber jünger.

Das Einzelzimmer war blau. Stahlblauer Teppichboden, blaugeblümte Tapeten, die Tagesdecke im gleichen Muster, ebenso die Vorhänge. An der Wand hing ein Ölbild mit blauem Meer und ebensolchem Himmel, im Regal standen Bücher in dunkelblauem Ledereinband. Dazu war der Raum mit einem weißen Schreibtischchen mit getrockneten Kornblumen und einer blauen Chaiselongue ausgestattet.

„In einer Stunde unten im Restaurant“, bestimmte Knippel und verschwand in seiner blauen Grotte.

Der Page führte Ulla und Jimmy ins Nebenzimmer.

Das gleiche in Grün, etwas größer wegen des Doppelbettes.

Jimmy stand unschlüssig, die Reisetasche von Eduscho in der Hand, an der Tür.

Ulla inspizierte den Raum, schaute in den Bauernschrank, saß Probe in den Sesseln, betrachtete sich im verschnörkelten Spiegel und plumpste schließlich aufs Bett, wippte.

„Quietscht nicht“, strahlte sie und schnellte, den Schwung der Feder ausnutzend, wieder hoch.

Jimmy packte aus. Den geerbten Kassettenrecorder warf er gleich an. Der ziehende Klang des Synthesizers schwoll langsam an, füllte den ganzen Raum.

„Shine on You Crazy Diamond“.

Sie sah ihn an, lachte.

„Hab’ ich gestern abend noch schnell aufgenommen“, gestand Jimmy. „Für stille Stunden.“

Wortlos zogen sie sich aus, verschwanden unter der riesigen Decke und genossen schweigend die dahingleitende Musik. Keine klappernden Kaffeetassen hinter hellhörigen Sozialbauwänden, kein knackender Ast unter dem Stiefel einsamer Wanderer. Sie allein bestimmten, wann es lebhaft wurde.

Dann klang die Musik aus. Trompetentöne, vom Synthesizerwind weggetragen.

Es knackte.

Und es war aus mit dem Frieden im Doppelbett.

Von der Kassette sprach Emil. Fing mitten im Satz an.

„. . . sacht der vonne Kripo: ‚Et könnte ja auch der da hinten sein.‘– ‚Nä‘, sag ich, ‚der hier ist dat.‘ – ‚Heb mal deinen rechten Arm hoch!‘ – ‚Sieße, da fehlt dat Stück am Finger, wat drin hängengeblieben ist, wo du mich auffe Herrmannshöhe die Schreibmaschine vor’n Kopp hauen wolltest, weil ich nix gesacht hab‘. Aber du hast daneben gewichst, weil ich anne Seite gesprungen bin, und der Finger ist drin steckengeblieben, und du warst am Schreien, als wenne am Spieß hingst und hast auf dein Knöpsken unterm Tisch gedrückt und die andern SA-Kerle sind ge-

kommen und ham dich verbunden und mich verwichst. Nee, Augsburger, dich erkenn' ich unter Hunderte"

Dann knackte es wieder. Die Kassette war durchgelaufen.

Ulla spulte zurück.

Zu weit.

Vorlauf.

Stopp.

Wieder diese lange Ausblende mit der Scheiß-Trompete.

Dann Emil noch einmal.

Danach Stille.

„Konnte ich das wissen?" begann Jimmy. „Blasmusik war drauf, ich hab' sie doch angespielt. Woher sollte ich denn wissen, daß er ausgerechnet einen Schwank aus seinem Leben erzählt."

Er wollte weitersprechen, verstummte aber, als Ulla duschen ging.

Knippel hörte sich die Aufnahme zweimal an.

„Das war kurz nach Augsburgers Verhaftung, bei der Gegenüberstellung. Komisch, an den fehlenden Finger kann ich mich überhaupt nicht erinnern."

„Aber mein Opa."

„Ich dachte, das wäre ich", flachste der Alte, dann ernsthaft: „Paß' bloß auf, daß du dich nicht verplapperst."

Jimmy drehte die Kassette um.

„Vielleicht ist auf der andern Seite noch was."

Aus dem Recorder drang Marschmusik. Knippel saß andächtig auf der Bettkante.

„Wann wir schreiten Seit' an Seit'", sagte er und summte mit.

Es kamen noch vier oder fünf Lieder, die er kannte. Immer wenn die Bläser verstummten, wartete Jimmy auf Emils Stimme. Aber jedesmal setzte der Lärm der Schalmeien wieder ein.

„Jetzt laß mal nicht die Ohren hängen", tröstete

Knippel. „Immerhin hast du ein neues Teil für unser Puzzle geliefert. Augsburger fehlte ein Finger."

„Am besten, wir gucken Lembke sofort auf die Pfoten", schlug Jimmy vor.

Knippel dämpfte seinen Tatendrang. Er führte die beiden zum Fenster. Sie blickten auf einen Innenhof, der von vier Flügeln des Hotels umschlossen wurde. Auf dem mit roten Klinkern gepflasterten Parkplatz unter den Bäumen standen zwei Wagen.

„Vor einer halben Stunde hat da noch Lembkes Mercedes gestanden. Dann ist unser Gastgeber eingestiegen und verschwunden."

„Haben Sie etwa die ganze Zeit am Fenster gestanden?"

„Sicher", versetzte Knippel, warf einen Blick auf das zerwühlte Bett und grinste. „Wir sind schließlich nicht zum Vergnügen hier, oder?"

Der Nachmittag verging mit Vorbereitungen. Zunächst mieteten sie in Westerland einen Golf. Jimmy sollte damit die Autowerkstätten auf der immerhin vierzig Kilometer langen Insel abklappern. Sie hielten es für unwahrscheinlich, daß der Mercedes, sollte er tatsächlich beschädigt worden sein, anderswo repariert worden war. Zum Festland kam man nur mit dem Autozug über den Hindenburgdamm.

Sie kauften eine Inselkarte und übertrugen die Adressen aller Reparaturwerkstätten und Tankstellen aus dem Branchentelefonbuch. Ulla und Jimmy gingen noch einmal die Geschichte durch, die er mißtrauischen Mechanikern erzählen wollte.

Knippel telefonierte mit Lübbo Wilkens aus Keitum, dessen Adresse Ulla von der Bochumer VVN erfahren hatte.

Abends aßen sie im Restaurant des „Seeadlers".

Lembke war noch nicht wieder aufgetaucht.

Nachts kam Sturm auf. Er jagte Regenschleier über die Insel, riß sie in Fetzen, warf sie gegen die Fenster. Die Brandung seufzte unter seinem Druck, die Dünen krochen nach Osten. Aus Pfaden, von Touristen im Sommer in den Sand getrampelt, wurden Rinnen, durch die der Nordwestwind heulte.

Der frühe Morgen brachte die Flut, die bis an den Fuß der Dünen stieg, sich gegen die Promenade warf und Fontänen in den Wind schoß. Wie brennende Lunten zischte die Gischt auf dem Kamm der Wellen, die gebrochen zurückwichen, um im nächsten Augenblick mit neuer Wucht gegen die Steine zu rennen. In Kampen wühlte das Wasser in den Eingeweiden des Kliffs, bis ein weiteres Stück Land ins Meer sackte.

Während die sturmerprobten Insulaner ruhig schliefen und nur der alte Munkmarscher Pastor auf die Sintflut hoffte, die die Kampener Playboys samt Anhang verschlänge, wälzten sich die Urlauber in ihren Hotelbetten. Der Sturm rüttelte an den Fenstern, klapperte mit Stahlseilen an metallenen Fahnenmasten, knarrte im Gebälk der Reetdächer.

Um neun, als die ersten Gäste durch die Scheiben blinzelten, war es immer noch nicht Tag. Grauschwarze Wolken schluckten das Licht, es war kein Wetter zum Aufstehen.

Um diese Zeit begann Jimmy seine Inselrundfahrt an der Nordspitze bei einer Tankstelle in List.

Ulla saß mit ihrem neuen Opa im Archiv von Westerland und wälzte Zeitungen. Vor ihnen lagen sechs Bände „Sylter Rundblick“ aus dem Jahre 1972. Der „Rundblick“ war die einzige Tageszeitung auf der Insel. Als sie sich durch die ersten vier Bände geblättert hatten, kannten sie die Gesichter der wichtigsten Insulaner, wußten, daß ein Aufstand der Sylter ein hundert Meter hohes Apartmenthaus an der Westerländer Promenade verhindert hatte, daß der Chor der Marineschule List soeben eine Schallplatte besungen hatte und Lieutenant Dilliger von der „US Coast Guard“ Sylt in wenigen Tagen verlassen wollte.

Im fünften Band fand Knippel endlich, wonach er suchte.

„Hundert Jahre Hotel ‚Seeadler'“, jubelte der „Rundblick“. Darunter ein Foto des Hotels mit dem schmiedeeisernen 1872, das den Alten auf die Idee mit dem Jubiläum gebracht hatte.

Sorgfältig hatte der Redakteur die Geschichte des Hotels recherchiert.

Beantragt schon 1864, war der Bau von den dänischen Herren der Insel abgelehnt worden. Erst nach der Niederlage des dänischen Königs, als die schwarzweiße Fahne Preußens auf Sylt im Westwind knatterte, wurde der Grundstein gelegt.

Man schreibt das Jahr 1872, Westerland wird zum Modebad der wilhelminischen Ära. Im Gästebuch jener Jahre wimmelt es von Grafen, Baronen und Freiherrn. Der Verleger Brockhaus kehrt hier ebenso ein wie Frau Caruso nebst Kind. Im Winter 1913 wird angebaut. Aber in der folgenden Saison bleiben die Kurgäste aus. Soldaten des 2. Nassauischen Infanterieregiments seiner Majestät des Kaisers logieren in den neuen Zimmern.

Doch schon 1920 geht es wieder aufwärts. Vor allem reiche Hamburger tauschen im Sommer ihre Villen an der Elbchaussee gegen das Westerländer Friesenhaus. Die steifen hanseatischen Kaufleute genießen das prikkelnde Gefühl, mit Stars der Goldenen Zwanziger wie Josephine Baker oder Marlene Dietrich unter einem Dach zu schlafen.

Später steigen viele Große aus Wirtschaft, Kunst und Politik im „Seeadler“ ab, heißt es in dem Artikel über die Nazizeit lakonisch. Im zweiten Weltkrieg dann wieder Einquartierungen, diesmal sind es Flakhelferinnen, die dafür sorgen, daß das Hotel ein Anziehungspunkt bleibt.

Nach dem Zusammenbruch, auf Sylt wird kapituliert und nicht gekämpft, finden Flüchtlinge aus dem Osten hier vorübergehend eine Bleibe.

„Jetzt kommt's! Hör mal zu!"

Knippel putzte sich umständlich die Nase und las vor.

„Ende 1947 kauft der heutige Besitzer, Heinrich Lembke aus Dortmund, das heruntergekommene Hotel. ‚Für einen relativ bescheidenen Preis', setzt der sympathische Chef des Hauses lächelnd hinzu. Gemeinsam mit seinem vor einigen Jahren verstorbenen Geschäftsführer Fritz Jürgeleit, einem aus Königsberg vertriebenen Hotelier, macht er das Haus wieder zu einem der führenden Hotels der Insel.

1963 wird ein zweiter Seitenfügel angebaut, zwölf Jahre später schließt ein dritter, dem Stammhaus an der Uferstraße nachempfunden, das Karree um den grünen Innenhof – eine Oase der Ruhe im pulsierenden Westerland. ‚Sylt und Hotel Seeadler, für viele Urlauber gehört beides zusammen, garantiert glückliche Ferientage', erklärt Wilhelm Lembke. Aber auch für kleine Konferenzen wird sein Hotel gern als Tagungsort gewählt. Es schafft Voraussetzungen für einen erfolgreichen Verlauf. Das hundertjährige Jubiläum des Hauses ist zugleich das fünfundzwanzigjährige Jubiläum seines Besitzers. Ob er nicht manchmal ans Aufhören denke, fragen wir Wilhelm Lembke, dem niemand seine dreiundsechzig Jahe ansieht. ‚Keinen Augenblick', kommt es wie aus der Pistole geschossen. ‚Wissen Sie, ich führe das Hotel wie ein Privathaus, viele langjährige Gäste, der Freundeskreis, der sich wöchentlich bei mir trifft, das ist so etwas wie ein Familienersatz.' Seine eigene Familie hat Wilhelm Lembke bei einem englischen Bombenangriff auf das Ruhrgebiet verloren."

„Haben Sie mal ein Taschentuch für mich? Mir kommen die Tränen."

Ulla schniefte theatralisch.

„Ich glaube nicht, daß das Theater ist, Ulla. Der hat wirklich nichts anderes. Mit dem Hotel ist er wer geworden. ‚Ein angesehener Bürger unserer Insel', stand im Telex der Sylter Polizei. Hast du gesehen, daß er den goldenen Zimmerschlüssel vorn in den Empfangsraum gehängt hat? Mit der Urkunde daneben. Ich glaube nicht, daß der lügt. Jedenfalls nicht an der Stelle."

Jimmy meinte, er habe den wichtigsten Teil der Recherchen übernommen, und mit entsprechendem Eifer ging er zu Werke.

Gegen Mittag hatte er in vier Orten an fünf Tankstellen sein Sprüchlein aufgesagt. Ohne Erfolg. Die Tankstellen führten keine Lackierarbeiten aus. In der Westerländer Werkstatt fand sich kein Reparaturschein in der Kartei. Rantum war die nächste Station. Das Dorf lag auf der Wattseite der Insel, hinter die Dünen geduckt, die es vor der Flut schützten. Sylt war hier nicht einmal einen Kilometer breit.

Der Nordwest riß Jimmy fast von den Beinen. Schräg in den Wind gelehnt, stakste er auf ein Haus zu, das sich nur durch das Emailleschild mit der Aufschrift „Autolackiererei B. Hansen" von seinem Nachbarn unterschied. Auf dem Hof stand eine größere Garage, die offenbar als Werkstatt diente. Jimmy trat ein, drückte die Tür hinter sich zu und genoß die Abwesenheit des Sturms.

Vor einem Regal mit Farbeimern saß ein etwa fünfzigjähriger Mann auf einer Holzkiste und rauchte. Daß sein Overall, der sich über dem Bauch spannte wie die Latzhose einer Hochschwangeren, einmal weiß gewesen war, konnte man mit bloßem Auge nicht mehr erkennen. Er schimmerte in ebenso vielen Farbtönen, wie Eimer an der Wand standen, und verlieh dem Mann ein papageienhaftes Aussehen, das seine gebogene Nase noch unterstrich.

„Entschuldigen Sie bitte. Ich habe in den Sommerferien auf Sylt Urlaub gemacht. Auf einem Parkplatz ist mir jemand ins Auto gefahren und dann verschwunden. Augenzeugen haben den Vorfall beobachtet. Es war ein weißer Mercedes mit einer Sylter Nummer. Ich hab' das auch der Polizei gemeldet, aber die haben nichts unternommen. Deshalb such ich jetzt selbst. Achthundert Mark Schaden sind ja kein Pappenstiel. Haben Sie vielleicht um die Zeit an einem weißen Mercedes einen Lackschaden beseitigt?"

Routiniert hatte Jimmy die Geschichte heruntererzählt.

Boy Hansen hörte interessiert zu, steckte sich eine neue Zigarette an der alten an und musterte ihn von oben bis unten.

„Schöne Geschichte", nickte er. „Is' man nur schade, daß sie nich' stimmen tut."

„Wieso?"

Über den Versuch, empört zu klingen, kam Jimmy nicht hinaus.

„Weil es man keine Sylter Nummernschilder nich' gibt, min Jung. Da hätts an denken soll'n, as du dat Märchen erfunden has. Gibt nur Nordfriesland, NF."

„Na und, der kann doch trotzdem von der Insel sein!"

„Kann he, min Jung. Oder von Husum. Oder von Klanxbüll, oder von Niebüll, oder von Wobbenbüll und wie die annern Bülls all heten op'n Festland."

„Haben Sie denn im September einen weißen Benz repariert", versuchte Jimmy noch einmal.

„Nich dat ich wüss, Jung. Aber vielleicht fällt mi dat widder in, wenn du den Namen sächs."

„Den würde ich ja selbst gern wissen", blieb Jimmy bei seiner Rolle und erntete dafür einen bösen Blick des Lackierers.

„Ja, wenn dat so is", brummte Hansen, warf seine Kippe auf den Zementboden, trat sie aus und erhob sich ächzend.

„Denn man tschüss."

Er kramte im Werkzeugschrank herum und kümmerte sich nicht weiter um Jimmy, der dastand wie ein kleiner Junge, den seine Mutter beim Lügen erwischt hatte. Den Kopf gesenkt – das personifizierte schlechte Gewissen.

Was kann schon passieren, wenn ich dem Typ die Wahrheit sage? überlegte er. Wenigstens den Namen. Wie der aussieht, läuft er bestimmt nicht gleich ins Hotel „Seeadler".

Wie die meisten machte er den Fehler, Menschen vor allem nach ihrem Äußeren zu beurteilen.

Oder war es das Gefühl, mit seinesgleichen zu tun zu haben?

Jedenfalls nannte er, als die Stille in der Werkstatt unerträglich wurde, den Namen des Hoteliers.

„Un du meinst, son fein' Pinkel läßt sin Töff bei einem Rantumer Strandräuber flicken? Nee, Jung, de verkehrt hier nich. De läss sin Schlitten inne Vertragswerkstatt in Westerland bemoln un nich hier."

„Aber in der Vertragswerkstatt war er auch nicht."

„Hass du da gefragt?"

„Nein, die Polizei."

„Na, dann is wat anners."

„Aber irgendwo muß er den Wagen doch hingebracht haben."

Boy Hansen kratzte gedankenversunken seinen Bauch, erst die rechte Hälfte, dann die linke.

Das schabende Geräusch der Fingernägel trieb Jimmy eine Gänsehaut über den Rücken.

Er schüttelte sich.

23

Er ist also wieder da, dachte der Alte, zog die Gardine vor und streckte sich auf dem Bett aus.

Warum kann ich mich bloß nicht an das Gesicht erinnern? Er hat mich doch lange genug beschäftigt. Gut, es ist fünfunddreißig Jahre her. Aber an der Zeit kann es nicht liegen, nicht allein an der Zeit. Emil hat ihn sofort erkannt, aus der Zeitung sogar. Und ich erkenne ihn nicht, obwohl ich weiß, daß er es ist.

Weiß ich das wirklich?

Die Zeit kommt hin. Lembke ist hier aufgetaucht, nachdem Augsburger bei uns verschwand. Aber dann ist auch schon Schluß. Keine Beweise, nur Vermutungen und ein toter Zeuge. Brinkmann hat Recht. Damit kommen wir nicht weit.

Selbst das mit dem Finger bringt nicht viel, vorausgesetzt, ihm fehlt wirklich einer. Was sich leicht feststellen läßt, gleich drüben. Wie viele sind aus dem Krieg ohne dieses und jenes nach Hause gekommen? Aber nicht mal an den Finger kann ich mich erinnern, an die Gegenüberstellung schon.

Vielleicht liegt es daran, daß ich nur hinter ihm her war.

Emil kannte ihn von zwei Seiten, auf der Hermannshöhe mit der braunen Uniform und dem Schlagstock und im Präsidium, als Verbrecher gegen die Menschlichkeit angeklagt. Emil kannte ihn auch nach fünfunddreißig Jahren noch. Nur die Strafprozeßordnung kannte Emil nicht. Sonst hätte er gewußt, daß alles längst verjährt war, die Schläge im Vernehmungszimmer, das Rattengift, die Flucht aus dem Polizeigefängnis, der Schwarzmarkt. . . .

Aber hätte ihn das eigentlich interessiert? Er hatte eine Rechnung offen mit Augsburger, die war zu begleichen. Scheiß wat auf Strafprozeßordnung!

Emil konnte das, auf die StPo scheißen. Ich kann das nicht, Brinkmann auch nicht.

Wir brauchen Beweise, Beweise für Dinge, die nicht verjährt sind. Beweise für den Zusammenstoß, alles andere ist Beiwerk, Nebensache. Unwichtig, solange wir damit nicht weiterkommen. Das Auto, davon hängt alles ab.

Knippels Gedanken kreisten noch eine Weile um den weißen Mercedes und seinen Besitzer, dessen Gesicht und die alten Zeiten, dann schlief er ein.

Er wußte nicht, wie lange er gelegen hatte, als ihn ein Klopfen an der Tür weckte. Es war das Mädchen.

Mühsam rappelt er sich hoch. Du wirst im nächsten Monat achtzig, dachte er, und du kannst es nicht immer überspielen.

Schau mal, wie sie krampfhaft das Bild anstarrt, weil es ihr peinlich ist, wie du dich quälst.

Mit steifen Beinen ging er ins Bad hinüber.

Der Schlaf hatte sein Gesicht geknautscht, und er brauchte fünf Hände voll kaltes Wasser, um es wieder in Normalform zu bringen.

„Ist Jimmy schon zurück?" prustete er, mit beiden Händen nach dem Handtuch tastend.

„Nein."

Knippel sah auf die Uhr. Es war halb sieben.

„Komm, wir gehen schon mal ins Restaurant, Mädchen", sagte er und griff nach ihrem Arm.

„Dein schöner starker Held kommt schon noch. Bei seinem Appetit kann es sich nur um Minuten handeln."

Es war längst dunkel geworden. Die Tiffany-Lampen verwandelten die weißen, quadratischen Tische in gelbe Inseln. Von den Forellen auf ihren Tellern waren nur noch die Köpfe unversehrt, jedenfalls bei Ulla. Er hatte natürlich, das Fischmesser wie der OP-Arzt führend, den Backenmuskel freilegen und auf der Zunge schmelzen müssen. Bezahlt war schon, und Jimmy war immer noch nicht zurück.

„Viertel vor acht. Ich glaube, wir können die Leute in Keitum nicht länger warten lassen."

Ulla nickte und folgte ihm zur Rezeption.

Knippel orderte ein Taxi.

Während sie warteten, betraten in kurzen Abständen

Männer den Empfang, legten ab, begrüßten sich freundschaftlich, redeten vom Sturm und verschwanden, als Lembke erschien und allen die Hand geschüttelt hatte, hinter einer Tür, von der die Wartenden nicht wußten, wohin sie führte.

„Hast du auf seine Hand geachtet?"

„Ja, sicher!"

Ullas Stimme klang gereizt.

„Und?"

„Wie soll man das feststellen, bei der Händeschüttelei."

Lächelnd legte der Alte seine Hand auf ihren Arm. Auch er konnte nicht sagen, ob bei der ausgiebigen Begrüßungszeremonie neunundfünfzig oder sechzig Finger im Spiel gewesen waren.

Dann kam das Taxi.

Ulla wollte unbedingt die Telefonnummer, unter der sie zu erreichen waren, an der Rezeption hinterlassen. Er ließ sie gewähren, obwohl ihm nicht wohl dabei war.

Die Männer saßen um den ovalen Tisch im Konferenzraum. Wie jeden Dienstag lauschten sie, als alle Bestellungen geliefert waren und der Ober den Raum verlassen hatte, zunächst dem Einführungsbericht, den wegen der herausragenden Bedeutung des Themas der Vorsitzende erstattete.

„Ein Gespenst geht um auf Sylt – das Gespenst des Massentourismus", begann der belesene Oberstudiendirektor, und seine Zuhörer nickten beifällig ob dieser gelungenen Metapher.

„In Zeiten wie diesen müssen wir zwar froh sein über jeden Gast, aber alles hat seine Grenzen, liebe Freunde."

„Sehr richtig", schnarrte der Marineoffizier, „sehr richtig!"

„Seit etwas mehr als einem Jahr werden wir Zeuge einer Entwicklung, die uns nicht gleichgültig sein kann.

Ein einzelner Mann, der Kaufmann Alfred Hirsch aus Herne, ist zum größten Vermieter dieser Insel aufgestiegen. Er regiert über ein Reich von 5000 Betten in über hundert Häusern, einen Waschsalon und ein Taxiunternehmen mit angeschlossener Autovermietung. Und das soll erst der Anfang sein. 10 000 Betten sind das Ziel des Herrn Hirsch, der dazu in einem Interview erklärte – ich zitiere: ‚Das wäre eine handliche Größe.'"

„Hört, hört!" rief der Keitumer Großbauer und setzte seine Gemeinderatsmiene auf.

„15 000 Hirsch-Urlauber zählten wir 1982 und waren beunruhigt. In diesem Jahr werden es 90 000 sein. Sechs Millionen Mark investiert Hirsch allein 1983 in die Werbung, um im Ruhrgebiet ‚unterschwellige Ängste gegen den exklusiven Inselruf' – auch das ein wörtliches Zitat dieses Herren – abzubauen. Werfen wir einen Blick auf das Preisgebaren. Eine Woche Sylt, Hin- und Rückfahrt in seinen Bussen eingeschlossen, bietet Hirsch in der Nebensaison für 290 DM an. Darauf erhalten Erwerbslose und Kurzarbeiter noch eine zehnprozentige Ermäßigung, liebe Freunde. Dementsprechend ist das Publikum, das mit Hirsch auf die Insel kommt. Ohne der Diskussion vorgreifen zu wollen, möchte ich schon jetzt ausrufen: Verhindern wir, daß unsere Insel zum Ferienparadies der bundesdeutschen Putzfrau verkommt!"

Der Oberstudiendirektor lehnte sich im Konferenzstuhl zurück und genoß das Trommeln der Fingerknöchel auf der petrolfarbenen Tischplatte.

„Diese Hirsche aus dem Ruhrgebiet halten ihre paar Märker mit der Faust in der Hand fest und stehen abends an der Frittenbude Schlange", eröffnete der Inhaber des Restaurants Silberpfanne die Aussprache.

„Die erkennt man am Warenhauslook und den schiefgelaufenen Absätzen", ergänzte der Boutique-Besitzer aus Kampen.

„Was Hirsch macht, ist Billigtourismus à la Neckermann. Das vertreibt unsere Stammkunden", stellte der Keitumer Hotelier fest.

„Für den Umbau der Häuser holt er sich Bautrupps aus dem Ruhrgebiet", entrüstete sich der bodenständige Bauunternehmer.

Der helle Ton, den der Ehering des Vorsitzenden am Weinglas erzeugte, beendete die Diskussion.

„Ich sehe, liebe Freunde, wir sind einmal mehr derselben Meinung. Das ist wichtig und gut, aber nicht ausreichend. Es müssen Maßnahmen ergriffen werden, um dem Spuk ein Ende zu setzen. Nach Rücksprache mit den wichtigsten Männern unseres Klubs schlage ich daher vor, erstens alle weiteren Hausverkäufe an Hirsch zu unterbinden; zweitens alle Hirsch-Betriebe zu boykottieren; drittens in der Presse eine breite Kampagne gegen Hirsch und seine Hintermänner, bei denen es sich um arabische Ölscheichs handeln soll, zu entwickeln."

Wieder bearbeiteten die versammelten Honoratioren mit den Knöcheln den Konferenztisch.

Der offizielle Teil des Treffens lag hinter ihnen.

Bei einem Glas Wein tauschte man den einen oder anderen Gedanken aus, gab dieses und jenes Bonmot zum besten, genoß das Gefühl, dazuzugehören.

Nur der Hausherr saß wortkarg abseits und fixierte das Zifferblatt der Standuhr.

Als sich der letzte verabschiedete, war es fünf vor zwölf. Wie jeden Abend ging er noch einmal durch die Räume, rückte hier einen Stuhl zurecht, löschte da ein einsam brennendes Tischlämpchen und wechselte ein paar Worte mit dem Nachtportier.

„Wenn alle Gäste da sind, machen Sie es sich ruhig bequem."

„Danke, Chef."

Der Portier tippte mit zwei Fingern an den spiegelnden Schirm seiner Mütze.

Auf dem Schlüsselbrett waren nur zwei Haken leer.

„Der ältere Herr mit den jungen Leuten, Chef", erklärte der Portier, der dem Blick gefolgt war. „Scheinen jemanden auf der Insel zu besuchen. Sie haben eine Sylter Nummer hinterlegt, falls nach ihnen gefragt wird."

Er tippte auf die Notiz, die ihm der Kollege bei der Ablösung übergeben hatte. Lembke warf einen schnellen Blick darauf und wandte sich zur Tür.

„Werden schon kommen", meinte er leichthin.

In seiner Wohnung wählte er die vierstellige Nummer.

Es tutete nur einmal, dann meldete sich eine Männerstimme.

„Wilkens."

Der Hotelier legte auf und griff zum Telefonbuch.

Wilkens 2984, Wilkens 2371, Wilkens, Lübbo, Keitum, Dockwei 13, 2241.

„Ach, der", sagte Lembke tonlos und klappte das Telefonbuch zu.

24

Lübbo Wilkens war ein mißtrauischer Mann. Sie hatten seinen Vater im KZ umgebracht, damals, als Sylt das Modebad der Nazis war und Hermann Göring jeden Sommer in seiner weißen Phantasieuniform über die Promenade von Westerland flanierte.

Es dauerte eine Weile, bis er den Fremden seine Geschichten von der Insel erzählte. Wie sie in der Konzertmuschel das Horst-Wessel-Lied gespielt und jüdischen Badegästen das Betreten der Insel verboten hatten. Wie nach dem Krieg die Gäste ausgeblieben und statt dessen andere aufgetaucht waren. Männer, denen es gefiel, weit vom Schuß zu sein, denn es hätte für sie ein Genickschuß vor dem Kriegsverbrechertribunal werden können. Wie Lembke kurz vor der Währungsreform auf der Bildfläche erschienen war und dem alten Peterson das Hotel für 30000 Reichsmark abgekauft hatte. Wie Peterson auf dem Dachboden seines Hauses gebaumelt hatte, als er drei Monate später mit den wertlosen Lappen die Stube tapezieren konnte. Wie vor zehn Jahren bei der Führergeburtstagsfeier in seiner Westerländer Bar Frikadellen mit Senfhakenkreuzen serviert worden waren und Lembkes Name neben dem bekannter Altnazis auf der Gästeliste auftauchte, die eine Zeitung veröffentlichte. Wie die Justiz das Verfahren eingestellt hatte, weil es sich nicht um Nazisymbole, sondern um Lebensmittel gehandelt habe.

Wilkens erzählte seine Geschichte in einem ruhigen, norddeutschen Tonfall, jedes Wort wägend, ehe er es in die Welt setzte. Als Ulla und Knippel das Backsteinhaus mit der mausgrauen Reetmütze verließen, war es halb zwölf.

Ulla lag mit angezogenen Beinen, die Hände über den Unterschenkeln verschränkt, unter der Bettdecke und fror. Ihr Gehirn produzierte immer neue Erklärungen für Jimmys Ausbleiben.

Jimmy in einer Autowerkstatt eingesperrt, Jimmy mit einem Mädchen in der Disko, Jimmy als Wasserleiche im Watt, Jimmy auf der Flucht in den Dünen...

Die Angst preßte ihren Magen, gurgelte in ihrem Bauch, zuckte in ihren Muskeln. Sie stand auf, machte Licht, trank einen Schluck warmes Leitungswasser.

Nebenan rauschte die Spülung. Der Alte schlief also auch noch nicht. Leise öffnete sie die Tür, huschte über den Flur, klopfte und trat ein.

Knippel saß aufrecht im Bett und rauchte.

„Setz dich doch“, sagte er und bot ihr eine von seinen Benson & Hedges an.

Ulla zog den Schreibtischstuhl heran. Es tat gut, nicht allein zu sein.

„Was meinen Sie, warum er noch nicht da ist?“

Knippel blies einen Stoß Zigarettenqualm durch die Nase aus.

„Schwer zu sagen. Ich überlege die ganze Zeit. Eigentlich bin ich ziemlich sicher, daß es mit Lembke nichts zu tun hat."

Ruhig und überlegt spielte er die Möglichkeiten durch. Am Ende war auch Ulla überzeugt, daß Jimmy nichts Schlimmes passiert sein konnte.

Sie sah den Alten im gestreiften Pyjama und mit den abstehenden grauen Haaren an.

„Ich hab' noch 'ne Frage?" begann sie zögernd. „Macht es Ihnen was aus, wenn ich heute nacht auf Ihrem komischen Sofa schlafe?"

„Und was sagt Jimmy dazu?" fragte Knippel mit gespieltem Ernst.

„Der ist doch nicht da."

„Dann hol mal dein Bettzeug", antwortete er und kicherte leise, als sie eine Minute später mit Oberbett und Kopfkissen ins Zimmer schwebte.

Während seine Freundin auf Knippels Chaiselongue kurz, aber ruhig schlief, lag Jimmy Schimanneck auf der heruntergekurbelten Lehne des Beifahrersitzes, die Wirbelsäule jeder Polsterkante angepaßt, und wartete auf den Morgen. Der einzige eingeschlafene Körperteil an ihm war sein linkes Bein, das bewegungslos zwischen Schaltknüppel und Fahrersitz steckte. Die Morgenkühle drang durch alle Ritzen, zum Zudecken gab es nichts.

Jimmy war glücklich.

Um viertel nach zwei hatte er die Werkstattür des friesischen Papageien hinter sich geschlossen. Um kurz vor drei steuerte er den Golf in List auf die Autofähre nach Dänemark. Um vier hatte er wieder festen Boden unter den Reifen. Um fünf stand er vor der einzigen Mercedes-Werkstatt weit und breit. Um halb sechs verließ er sie mit einem Zettel in der Tasche. Um sechs verpaßte er die letzte Fähre nach List.

Seitdem stand der Golf auf dem verlassenen Parkplatz. Das nächste Boot ging erst morgens um sieben.

Jimmy sah auf die Uhr im Armaturenbrett. Halb fünf.

Er machte Licht, kramte den Zettel aus der Jacke und studierte die Zahlen und Buchstaben. Als um zehn vor sieben die Fähre auftauchte, kannte er sie auswendig.

Der Golf setzte als erster auf das Schiff. Danach kamen noch ein paar Dänen, die auf der Insel arbeiteten, und zwei deutsche Wagen mit Herbsturlaubern.

Im Aufenthaltsraum roch es nach Pulverkaffee. Jimmy verzichtete auf die braune Brühe. Er wollte mit Ulla und dem Alten frühstücken.

Im Windschatten der Insel kam die Fähre schneller voran. Jimmy stieg ins Auto, ließ die Anlegeprozedur über sich ergehen, konnte das Schiff erst als letzter verlassen, preschte auf der Landstraße nach Süden, nahm in den Ortschaften nur wenig Tempo zurück, parkte den Wagen im Innenhof des Hotels, hastete über den Flur und stand im leeren Zimmer.

Im Bad war sie auch nicht. Zwanzig nach acht. Ob die schon frühstückten?

Er klopfte bei Knippel.

Der Alte saß auf der Bettkante und hustete.

„Wissen Sie, wo Ulla ist?" bollerte Jimmy.

Knippel legte seinen knotigen Finger auf die gespitzten Lippen und zeigte in die Ecke des Raumes, die im toten Winkel der Tür lag.

Zuerst sah Jimmy nur das plustrige Oberbett auf dem viel zu kurzen Sofa, dann bemerkte er den dunklen Fleck auf dem Kopfkissen, Ullas widerspenstige Haare.

„Mach' doch bitte die Tür zu", hustete der Alte. „Es zieht."

Unentschlossen stand Jimmy, die Klinke in der Hand.

„Von drinnen natürlich, Junge."

Knippels schrumpelige Füße tasteten nach den Pantoffeln. Er stand auf und ging ins Bad.

Als die Spülung rauschte, schlug Ulla die Augen auf.

Zögernd ging Jimmy zu ihr hinüber. Sie fuhr hoch, schlang die Arme um seine Schultern und drückte ihn an sich.

„Wo warst du die ganze Nacht?"

Jimmy erzählte ihr, was passiert war.

„Und warum hast du nicht angerufen?"

„Ich wollte euch überraschen."

„Das ist dir gelungen", kommentierte Knippel, der im Bademantel in der offenen Tür stand.

Wie zur Entschuldigung holte Jimmy den Zettel aus der Tasche und las laut: „NF–HL 372, 350SE, rechter Kotflügel geneuert. 15. 9. 83. Mercedes Söderström, Tondern/DK."

Nach dem Frühstück rief Knippel aus einer Telefonzelle die Bochumer Kripo an.

„Hauptkommissar Brinkmann ist außer Haus", flötete die Sekretärin.

25

Die Zeitung lag jeden Abend auf dem Nachtschränkchen des Patienten. Wenn das Essen kam, wanderte sie in den Papierkorb. Schwester Hildegard brauchte den Platz für das Tablett. Außerdem war es ein SPD-Blatt. Ein Blick auf die Schlagzeilen genügte ihr, um das zu erkennen.

Ein Blick auf die Schlagzeilen war es auch, der die Zeitung an diesem Abend vor dem Abfall bewahrte.

„Polizei warnt vor falschen Insulinspritzen", hieß die Überschrift einer zweispaltigen Meldung auf der Titelseite.

Sie nahm das Blatt mit ins Schwesternzimmer und las.

Die Polizei hat gestern vor falsch gekennzeichneten Insulineinmalspritzen gewarnt. Die Medikamente wurden in

Irland hergestellt und sollten in Großbritannien ausgeliefert werden. Auf welchem Weg sie in die Bundesrepublik gelangten, ist noch ungeklärt.

Die offenbar absichtlich falsch ausgezeichneten Spritzen tragen den Aufdruck „b – d plastikpak 2 ml insulin microfine". Bei Verwendung der Spritzen besteht die Gefahr einer lebensbedrohlichen Unterzuckerung. In London sind bereits zwei Menschen an der Überdosis Insulin gestorben.

Bei Scotland Yard ist man der Meinung, daß es sich um einen besonders heimtückischen Anschlag der IRA handelt.

Schwester Hildegard ließ die Zeitung sinken und ging in den Verordnungsraum. Die Insulinspritzen lagen im Schrank am Fenster. Sie nahm eine heraus.

b – d plastikpak 2 ml insulin. Die IRA-Spritzen waren das nicht.

Es fehlte die Bezeichnung microfine.

Erleichterung wollte sich dennoch nicht einstellen. Dazu war ihre Abscheu vor Menschen, die so etwas fertigbrachten, zu groß. Und das wollten Katholiken sein! Mörder waren sie, hinterhältige, gemeine Mörder, die ohne eigenes Risiko Unschuldige umbrachten. Menschen, die ohne ersichtlichen Grund plötzlich starben. Wer weiß, wie viele die schon auf dem Gewissen hatten? Zwei in England, da hatte man es gemerkt. Aber wer kommt so ohne weiteres auf Unterzuckerung?

Schwester Hildegard sah aus dem Fenster auf den kleinen Platz an der Pforte. Der überlange Mercedes-Kombi eines Beerdigungsinstituts fuhr vor.

Wer denkt schon gleich an Mord, wenn ein alter Mann mit Schädelbasisbruch im Intensivbett stirbt, obwohl alles dafür spricht, daß er durchkommt? Wer beantragt eine Obduktion wegen zuviel Schweiß im Sterbebett eines Fünfundsiebzigjährigen?

Sie legte die Insulinspritze an ihren Platz zurück und übergab der Nachtschwester die Station.

In ihrem schmucklosen Zimmer im Mutterhaus verbrachte die Nonne eine ruhelose Nacht. Gegen Morgen träumte sie von toten Katzen, die in einem randhoch mit Schweiß gefüllten Teich schwammen. Angesengte Kaninchen krochen aus einem abgebrannten Stall.

„Sagen Sie nur, das Zeug ist auch bei uns gelandet?“ fragte Dr. Böhmer am Vormittag, als sie ihm die Zeitung mit dem Insulinartikel hinlegte.

„Gott sei Dank nicht, Herr Doktor. Aber mir läßt etwas anderes keine Ruhe.“

Sie äußerte ihren Verdacht in ihrer ruhigen und bestimmten Art, ohne zu übertreiben oder in Panik zu machen.

Der Stationsarzt schätzte sie wegen ihres Einsatzes für die Patienten, und der Kleinkrieg mit den Rauchern war ihre einzige Macke. Er studierte noch einmal das Krankenblatt des Unfallpatienten, das sie gleich mitgebracht hatte. Noch immer fand er keine plausible Erklärung für den plötzlichen Tod.

„Was sollen wir tun, Schwester?“

Er breitete die Arme wie Jesus Christus beim letzten Abendmahl aus.

Es gab nur zwei Möglichkeiten: entweder das Blatt zurück in die Registratur hängen und vergessen oder mit der Polizei reden.

Er wußte das genausogut wie sie.

Jetzt fing die Nonne auch noch an, durchzudrehen. Das hatte ihm noch gefehlt. Erst der Alte mit seinem Seniorenmord auf dem Moped, nun die Betschwester mit ihrem Insulin von der IRA. Hatte er es in diesem Beruf denn nur mit Wahnsinnigen zu tun?

Hauptkommissar Brinkmann stapfte die Stufen zur Station P 3 hinauf. Schnaufend steuerte er auf das Arztzimmer zu. Er trat ein, ohne anzuklopfen.

Hätte ich auch gern, ein Bett im Büro mit der Sekretärin auf der Kante, dachte er und begrüßte den Arzt und die Krankenschwester.

Er ließ sich auf dem Stuhl vor dem Schreibtisch nieder.

„Also, da bin ich."

Mit dem Rundschlag eines Kirmesboxers brachte er seine Timex zum Vorschein und studierte das Zifferblatt, als habe er es noch nie gesehen.

„Ich möchte mich zunächst dafür bedanken, daß Sie uns etwas von Ihrer knapp bemessenen Zeit zur Verfügung stellen", begann der Doktor.

„Schwester Hildegard hat Ihnen am Telefon von den falsch etikettierten Insulinspritzen berichtet, nicht wahr?"

Brinkmann nickte.

Er kramte eine zerknitterte HB-Schachtel aus dem Mantel, fingerte eine Zigarette heraus, zündete sie an und bat die Schwester, ihm einen Aschenbecher zu besorgen.

„Nun sind die Spritzen Gott sei Dank bei uns nicht aufgetaucht..."

„Und warum holen Sie mich dann her?"

„Weil es neue Momente gibt, die den Tod von Herrn Strothkämper in einem anderen Licht erscheinen lassen. Symptome, die in keinem Zusammenhang mit seinen Verletzungen stehen. Meine erste Diagnose lautete zentraler Hirntod, aber es gibt einige Indizien, die gegen diese Vermutung sprechen. Der Puls war normal geblieben. Blutbild, Temperatur und Elektrolyte waren wenige Stunden vorher noch in Ordnung. Andererseits hat der Patient im Todeskampf stark geschweißt, ein Symptom, das gewöhnlich bei Unterzuckerung auftritt."

„Und wie kommt die zustande?"

„Bleiben wir bei den Insulinspritzen. Ein Diabetiker hat einen zu hohen Blutzuckerspiegel. Er bekommt Insulin, um ihn zu senken. Verabreichen wir ihm zuviel, kommt es zur Unterzuckerung, die bei entsprechender Menge zum sofortigen Tode führt."

Brinkmann blickte erstaunt hoch.

„Haben Sie ihm zuviel gegeben?“

Schwester Hildegard, die bisher mit versteinertem Gesicht auf der Bettkante gesessen hatte, räusperte sich.

„Nein, Strothkämper hat von uns kein Insulin bekommen. Selbst eine Verwechslung der Spritzen ist unwahrscheinlich.“

„Und wie ist Strothkämper dann an seine Unterzukkerung gekommen?“ hakte Brinkmann nach.

Der Arzt schwieg.

„Es wäre denkbar, daß ein Fremder ihm eine Insulinspritze gesetzt hat“, sagte die Schwester für ihn.

„Denkbar, denkbar ist manches. Mich interessieren solche Spekulationen nicht“, sagte Brinkmann scharf. Und an den Arzt gewandt: „Was steht als Todesursache auf dem Totenschein?“

„Zentraler Hirntod.“

„Sehen Sie, Doktor. Solange das da steht, habe ich keine Veranlassung, dienstlich tätig zu werden.“

Er stand auf, warf die Kippe ins Waschbecken, spülte nach und ging.

Draußen fiel feiner Regen. Brinkmann kutschierte den Wagen über die endlose Hattinger Straße zurück zum Präsidium und quälte sich durch die wie immer verstopfte Innenstadt.

„War was?“

Frau Storch blickte erschreckt von ihrer Illustrierten auf.

„Nichts Besonderes“, sagte sie und schob die ‚Frau im Spiegel‘ in eine Schreibtischschublade. „Nur ein Anruf. Ich glaube, der alte Herr von neulich. Will sich wieder melden.“

Seufzend marschierte Brinkmann in sein Zimmer, hängte Hut und Mantel an den Haken und kontrollierte im Spiegel über dem Waschbecken den Sitz seiner Frisur. Eine Strähne von ziemlich weit hinten hatte sich gelöst und lag diagonal über den anderen wie der Querstrich eines Fünferpäckchens auf einer Strichliste. Brinkmann brachte das wieder in Ordnung.

Er mußte lange wühlen, bis er die dünne Mappe im Schreibtisch fand. Es war nicht viel Material zusammengekommen. Der Unfallbericht aus Dahlhausen, das Formblatt des Eigentumsicherstellungsverfahrens, der Kurzbericht der Spurensicherung, das Zeitungsfoto.

Brinkmann las alles noch einmal durch, fand aber keine neuen Anhaltspunkte.

Was der Alte wohl gewollt hatte?

Er suchte Knippels Telefonnummer und betätigte die Wählscheibe. Beim sechsten Tuten, als er den Hörer schon auflegen wollte, meldete sich eine Frauenstimme.

„Brinkmann von der Bochumer Kripo, guten Tag. Eigentlich wollte ich Herrn Rudolf Knippel sprechen."

„Tut mir leid, mein Vater ist für einige Tage verreist."

„Aber er hat mich heute morgen angerufen."

„Vielleicht von dort."

„Wissen Sie, wo er sich zur Zeit aufhält?"

„Er macht Urlaub auf Sylt. Er wollte nach Westerland, ins Hotel ‚Seeadler'."

Brinkmann schluckte, er bedankte sich.

„Frau Storch", brüllte er.

Nebenan wurde eine Schublade zugeschoben.

Die Sekretärin steckte den Kopf durch die Tür.

„Ich brauche eine Leitung nach Westerland. Hotel ‚Seeadler'. Suchen Sie das schnell raus."

Zehn Minuten später stand die Verbindung.

„Hier Horst Brinkmann", brüllte er in die Muschel, „du hattest angerufen, Onkel Rudi?"

„Schrei nicht so, Horst! Die Leitung ist ausgezeichnet, und ich bin nicht schwerhörig."

„Entschuldige, aber worum geht's? Kannst du sprechen?"

„Es geht um das Auto, Horst. Zwei Tage nach dem Unfall hat er den rechten Kotflügel erneuern lassen!"

„Das kann Zufall sein.“

„Zufällig hat er ihn aber nicht in die Vertragswerkstatt vor seiner Haustür gebracht, sondern bis nach Dänemark.“

„Kannst du das beweisen?“

Brinkmann hörte Knippel tief einatmen.

„Mein lieber Horst“, begann der Alte einen Ton zu ruhig, „was meinst du eigentlich, wen du vor dir hast?“

„Ist ja gut, Onkel Rudi. Ich glaub's dir ja.“

„Und was wirst du tun?“

Gute Frage, dachte Brinkmann. Was werde ich tun? Bis jetzt habe ich mich bloß blamiert.

„Ich komme morgen hoch... Aber tu mir einen Gefallen.“

„Und der wäre?“

„Mach nicht die Pferde scheu. Warte, bis ich da bin, ja?“

Brinkmann schlich aus dem Büro.

In der Kantine waren alle Tische besetzt. Er stand da, das Tablett mit Brötchen, Bockwurst und Kaffee vor dem Bauch, und wußte nicht, wohin. Er schob sich zum Ausgang und aß an seinem Schreibtisch.

Er hatte sich wirklich nicht mit Ruhm bekleckert. Sicher, warum sollte er gerade jetzt, elf Monate vor seiner Pensionierung, noch Ehrgeiz entwickeln?

Aber so schlecht ausgesehen hatte er noch nie. Gut, daß niemand im Kommissariat davon wußte. Diesen hungrigen jungen Männern von der Fachhochschule, denen alles nicht schnell genug ging, weder die Lösung eines Falles noch die eigene Karriere, würde er es am Schluß noch einmal zeigen. Brinkmann deckt einen Mord auf, von dem niemand weiß. Brinkmann kann was, auch ohne Abitur und Soziologie und Psychologie.

Aber der Alte. Dem konnte er nichts vormachen. Der würde ihn morgen behandeln wie den Kriminalassistenten Horst Brinkmann vor fünfunddreißig Jahren. Der hatte die Trümpfe in der Hand.

Bis auf das Insulin. Davon hatte er keine Ahnung. Davon wußte nur Horst Brinkmann. Das war seine Chance, und die mußte er nutzen.

Brinkmann schnappte die Mappe, warf sich den Mantel über und stürmte an der zusammenzuckenden Sekretärin vorbei auf den Flur. Halb in der Tür drehte er sich noch einmal um.

„Ich brauche für morgen früh eine günstige Verbindung nach Sylt, Störchin. Suchen Sie eine raus und machen Sie das klar, ja?"

Dann schloß er die Tür hinter sich.

Der Stationsarzt ließ sich die Überraschung nicht anmerken.

„Na, Herr Hauptkommissar, haben Sie den Mörder schon?"

„Hmm", brummte Brinkmann. „In der Tasche."

„Das ging aber schneller, als die Polizei erlaubt", frotzelte der Arzt.

Brinkmann hatte keine Lust, den Nachmittag mit Wortgeplänkel zu vertun.

„Würden Sie bitte das Pflegepersonal Ihrer Station für eine Viertelstunde zusammentrommeln, Herr Doktor?"

„Wie stellen Sie sich das vor? Der Betrieb muß laufen. Wo soll ich die Gegenschicht so schnell herbekommen?"

„Hab' ich den Stein ins Rollen gebracht oder Sie?"

Die beiden fixierten sich einige Sekunden.

„In einer halben Stunde in der Teeküche", sagte der Arzt sachlich und ohne den schneidenden Ton von vorher.

Die Teeküche war der kleinste Raum der Station. An einem Resopaltisch saßen Dr. Böhmer und ein etwa dreißigjähriger Assistenzarzt. Sie redeten leise miteinander. Auf der Fensterbank an der Stirnseite des Zimmers hockten drei Schwesternschülerinnen, baumelten mit den Beinen und tuschelten miteinander. Mit dem Hintern an die Arbeitsplatte der Küchenzeile lehnten die Schwestern Hildegard, Agnes und Veronika. Sie mokierten sich über das Benehmen des Schwesternachwuchses.

Als die Tür geöffnet wurde und Brinkmann in den Raum trat, fuhren die Köpfe der Nonnen wie auf ein Kommando herum.

Der Kommissar setzte sich zu den Ärzten. Dr. Böhmer stellte ihn vor.

„Ich will Sie nicht lange aufhalten“, begann Brinkmann versöhnlich. „Nur ein paar Fragen stellen. Wir ermitteln zur Zeit im Fall Emil Strothkämper, der im letzten Monat auf ihrer Station verstorben ist. Es besteht der dringende Verdacht, daß es sich nicht um einen normalen Verkehrsunfall handelte, sondern vielleicht um einen Mordanschlag.“

Er legte eine bedeutungsvolle Pause ein und genoß die auf ihn gerichteten Blicke.

„Dankenswerterweise hat Ihr Stationsarzt mich darüber informiert, daß auch die Ursache für Strothkämpers plötzlichen Tod hier, nun, sagen wir ungeklärt ist.“ Brinkmann lächelte Dr. Böhmer an und nickte wie im Fernsehen.

„Es könnte sein, daß der Mensch, der Strothkämper angefahren hat, hierher gekommen ist, um sein Werk zu vollenden.“

Es war still in dem überfüllten Raum. Die Ärzte sahen einander an. Die Schülerinnen baumelten nicht mehr mit den Beinen. Die Blicke der Schwestern durchbohrten den Heiland am Kreuz.

„Meine erste Frage: Wer hat Strothkämper besucht?“

„Das war nur seine Enkeltochter“, antwortete Schwester Hildegard, nicht ohne vorher mit einem Blick die Erlaubnis des Arztes eingeholt zu haben. „Das heißt, ein- oder zweimal brachte sie jemanden mit. Einen jungen Mann, groß, Anfang zwanzig, vielleicht.“

„Sonst niemand?"

Brinkmann sah forschend in die weißgekleidete Runde.

„Zweite Frage. Hat sich jemand telefonisch nach ihm erkundigt? Ob er hier lag und wie es ihm ging?"

„Ob jemand auf unserer Station liegt, erfährt man an der Pforte, Herr Hauptkommissar", warf der Stationsarzt ein. „Auskünfte über den Gesundheitszustand von Patienten erteilen wir... das heißt der behandelnde Arzt nur den nächsten Angehörigen. Auf keinen Fall am Telefon."

„Vielen Dank für die Aufklärung, Doktor. Aber ich wollte nicht wissen, welche internen Regelungen bestehen, sondern was tatsächlich passiert ist. Meine Frage also noch einmal: Hat sich jemand telefonisch nach Strothkämper erkundigt?"

Brinkmann blickte zu den Schülerinnen hinüber.

Einem der Mädchen schien die Fensterbank heiß zu werden. Sie rutschte herum und schaute nicht auf. Nestelte am obersten Blusenknopf. Fuhr mit der Hand ans Ohr. Drehte sich eine brünette Locke um den Zeigefinger, bis die Spitze weiß wurde.

„Haben Sie uns was zu sagen, Ilona?" durchschnitt die Stimme des Arztes die Stille.

Das Mädchen wurde rot, erst an den Ohren, dann überall im Gesicht.

„Er hat gesagt, er wär' sein Bruder."

„Und was haben Sie gesagt?"

„Nichts. Bloß, daß er hier liegt und daß es schon besser geht." Ihr Finger steckte noch in der Locke, durch die Drehungen fest an den Kopf gepreßt.

„Wissen Sie noch, wann das war?" fragte Brinkmann.

„Zwei Tage, bevor er starb."

„Warum können Sie sich daran so genau erinnern?"

„Es war mein erster Todesfall im Krankenhaus", antwortete sie tonlos.

„Können Sie sich an die Stimme erinnern? Was meinen Sie, wie alt der Anrufer war?“

„Nein.“

„Aber wenn er gesagt hat, er sei Strothkämpers Bruder, dann kann er doch nicht der jüngste gewesen sein“, hakte Brinkmann nach.

Die Schülerin zuckte mit den Schultern.

Weiteres Bohren war sinnlos.

Brinkmann wandte sich an den Arzt.

„Ich brauche eine Liste aller Patienten, die am 13. September auf Ihrer Station lagen, Doktor.“

„Bis wann?“

„Sofort!“

Eine halbe Stunde später ging Brinkmann mit Schwester Hildegard die Liste durch. Sie enthielt Namen und Anschrift von einundzwanzig Patienten männlichen Geschlechts.

Brinkmann strich die Nummer 17 der Liste, Emil Strothkämper. Daraufhin verglich die Schwester noch einmal alle Namen mit den dazugehörigen Krankenblättern. Es blieben siebzehn übrig. Siebzehn Menschen an einem Nachmittag zu befragen, ist selbst, wenn sie alle im gleichen Stadtteil wohnen, nicht zu schaffen, jedenfalls nicht allein.

Brinkmann telefonierte mit dem Kommissariat, um zwei oder drei Beamte anzufordern. Natürlich hatten alle gerade wichtige Berichte zu schreiben, eilige Terminsachen zu erledigen oder dringende Rücksprachen zu führen.

Brinkmann hörte sich das eine Weile an. Bei der dritten Absage brüllte er los.

„Möller, Sie sind in zwanzig Minuten mit Heret im Elisabeth-Krankenhaus in Linden, Station P 3. Das ist eine dienstliche Anordnung!“

Er knallte den Hörer auf und strich sich über die Frisur.

Noch elf Monate.

Er steckte sich eine Zigarette an, ohne auf den bösen Blick der Schwester zu achten.

„Haben Sie einen gescheiten Kopierer im Haus?" fragte er. „Einen, der erkennbare Bilder liefert?"

Dabei legte er den Zeitungsausschnitt auf den Tisch.

„Wenn, dann unten in der Verwaltung."

Die Schwester beäugte das Foto.

„Einer von denen hat Strothkämper angefahren..., wahrscheinlich angefahren", berichtigte er sich. „Und wenn was dran ist an Ihrer Insulingeschichte, war er anschließend hier auf der Station."

„Wie Mörder sehen die alle nicht aus", fand die Schwester.

„Wie sehen Mörder denn aus, Schwester? Unrasiert und grimmig?"

Die Nonne lächelte wie ein beim Naschen ertapptes Mädchen. Sie sah wieder auf das Bild.

„Aber der da, der kommt mir bekannt vor."

„Welcher?" fragte Brinkmann hastig.

Erst jetzt fiel ihm auf, daß er dem Personal das Foto nicht vorgelegt hatte.

„Der mit der Kinnlade und den abstehenden Ohren."

„Das, Schwester Hildegard, ist Hans Ellersiek, unser Oberbürgermeister!"

Sie begleitete ihn auf den Flur, wo er das Eintreffen seiner Leute abwarten wollte. Am Ende des Ganges saßen wie immer die Bademäntel unter dem Fenster. Natürlich rauchten sie.

„Ach", stöhnte die Schwester, „Opa Mertens. An den hab' ich gar nicht gedacht. Da können Sie sich einen Weg sparen, Herr Kommissar. Der alte Herr im rotblauen Morgenrock steht auch auf der Liste. Er hat niemanden mehr und läßt sich vom Hausarzt alle paar Monate bei uns einweisen."

Sie steuerten auf die Gruppe zu. Die Bademäntel warfen die Zigaretten aus dem Fenster. Karl Mertens verbarg seine in der hohlen Hand.

Die Nonne bat ihn mitzukommen. Im Vorbeigehen drückte der Alte einem Kumpel die Zigarette in die Hand und watschelte hinterher.

„Ich habe ein paar Fragen an Sie, Herr Mertens", begann Brinkmann, nachdem sich der Alte zögernd zu ihm an den Tisch gesetzt hatte.

„Sie waren doch auch im September hier, nicht wahr?"

„Ja, im September, ja. Da hatte ich es doch so im Rücken, Herr Kommissar. Ich konnt' kaum noch krauchen. Deshalb hat mir Dr. Schürholz die Überweisung gegeben. Ich sach noch zu ihm: ‚Alles, nur nich wieder im Krankenhaus.' Aber er meint, anders könnt' er mich nich helfen. Da mußt' ich in den sauer'n Apfel beißen, Herr Kommissar."

Während er sprach, wackelte sein Kopf wie bei der Schildkröte im Rückfenster von Brinkmanns Auto.

Mertens wußte nicht, wohin mit seinen Händen, und stopfte sie schließlich tief in die Taschen seines Bademantels

„Sie verstehen mich ganz falsch, Herr Mertens. Mich interessiert nur der Mann, der damals im Intensivbett lag, Emil Strothkämper. Können Sie sich vielleicht an den erinnern?"

Mertens atmete auf.

„Ach, wissen Sie, Herr Kommissar", antwortete er, „den hab' ich überhaupt nich zu sehen gekriecht. Der ist ja gar nich rausgekommen aus sein' Zimmer."

„Haben Sie denn gesehen, ob er besucht worden ist?"

„Besucht, ja. Besuch hat er viel gehabt. So'n junges Mädchen, die war bald jeden Tach hier. Da haben die Kerls immer Stielaugen gekriecht, wenn die kam."

„Das war Strothkämpers Enkelin, Herr Mertens. Sonst ist Ihnen niemand aufgefallen?"

Mertens überlegte. Dann wackelte sein Kopf heftiger als normal.

„Nee, sonst hab' ich keinen geseh'n."

Wenn das jetzt siebzehnmal so geht, dachte Brinkmann, fischte das Zeitungsfoto aus der Tasche und legte es dem Mann vor.

„Haben Sie einen der Männer schon mal gesehen, ich meine hier im Krankenhaus?“

Mertens knibbelte mit den Augen, hielt den Ausschnitt auf Armlänge entfernt.

„Da muß ich erst meine Lesebrille für holen, Herr Kommissar, sonst klappt dat nich.“

Nach drei Minuten saß er wieder in der Teeküche. Eine Knappschaftsbrille zierte sein Vogelgesicht.

Den Oberbürgermeister erkannte er sofort.

„Aber den suchen Sie ja nicht, Herr Kommissar, oder?“

Brinkmann verneinte.

Opa Mertens studierte die anderen Gesichter.

„Den hier, der mit die grauen Haare, den hab’ ich hier geseh’n.“

Sein Greisenfinger tippte mitten in Lembkes Gesicht.

„Der war hier auf’m Flur. Ich bin sogar mit ihm im Aufzug gefahren, ich wollt anne Bude, Zi... äh, Wasser holen.“

„Sind Sie sich da auch ganz sicher, Opa Mertens?“ mischte sich Schwester Hildegard ein, die bisher schweigend an der Arbeitsplatte gestanden hatte.

„Ganz sicher, Schwester. Ich weiß noch den Tach, wo dat passiert ist. Wissense noch, wo der Lange, der mit dem Blinddarm, wo der sich beim Einlauf die Hakken beschissen hat. Hamse uns doch selbst noch erzählt, un wir haben uns kaputtgelacht über den verbundenen Kopp. An den Tach war dat.“

Brinkmann sah die Nonne mit hochgezogenen Brauen und Augen wie Markstücken an.

Schwester Hildegard nickte.

„Können Sie sich noch an Einzelheiten erinnern, Herr Mertens? Wo ist der Mann hergekommen? Wie sah er aus?“

Opa Mertens war sich seiner Bedeutung bewußt. Stolz streckte er den dünnen Hals aus dem Schalkragen des Bademantels.

„Der war wat Besseres, dat sah man gleich. Feinen Anzug an und so. Aber wo der herkam, weiß ich nicht. Ich stand hier vor'm Aufzug, und wie ich mich umdreh, steht er daneben. Wir sind zusammen runtergefahren im Erdgeschoß."

„Wie alt war der Mann nach Ihrer Meinung?"

„Anne siebzig, Herr Kommissar. Vielleicht auch jünger. Alle Zähne hat der noch gehabt. Dafür aber 'n appen Finger."

Brinkmann sah ihn ungläubig an. Dieser Opa kam aus dem Erzählen nicht mehr raus. Der war froh, daß einer mit ihm sprach.

Fragte sich nur, ob man alles für bare Münze nehmen konnte.

26

Als der Fahrer mittags in Niebüll den zweistöckigen Reisebus auf den Autozug nach Westerland bugsierte, war der größte Teil der Insassen schon zu betrunken, um nervös zu werden. Seit sechs Stunden lümmelten die Mitglieder zweier Kegelklubs in den bequemen Sesseln und hielten die Bordstewardessen mit ihren Bestellungen auf Trab.

Die Damen vom „Goldenen Kegel" hatten sich auf einen ausländischen Magenbitter versteift, den sie in solchen Mengen hinunterstürzten, daß Brinkmann sich nicht gewundert hätte, wären ihnen tatsächlich Vampirzähne gewachsen. Um halb acht in Münster kam es zu ersten Fraternisierungen mit den Herren von „Alle Neune Wanne-Eickel", nachdem man sich mit eindeutigen Sprüchen und kreischendem Gelächter nähergekommen war.

Wütend auf die Storch, die die Busfahrt mit Hirsch-Reisen für neunzig Mark hin und zurück gebucht hatte, wich Brinkmann den schmachtenden Blicken einer drallen Mittsechzigerin aus. Er stierte aus dem Fenster. Der halbleere Zug schaukelte über den Hindenburgdamm durch das Watt. Weit vorne stieg ein weißes Bauwerk aus dem Wasser. Die Erklärung der Stewardeß ging in einem dreifachen „Gut Holz" aus Wanne-Eickel unter.

Am Bahnhof Westerland verließ er allein den Bus, der die Klubs zu ihren Quartieren nach Wenningstedt weiterbeförderte. Er entging so dem Steinhagel, der an unübersichtlicher Stelle auf den Dopelstöcker mit den verhaßten „Hirsch-Syltreisen" niederprasselte.

Es war gerade drei. Der Bahnhofsvorplatz lag wie ausgestorben da. Brinkmann ging zum Taxistand hinüber und ließ sich zum Kirchweg bringen, wo die Sylter Kollegen residierten.

Er irrte über den langen Flur, faßte an vier verschlossene Türen, ehe er hinter der fünften einen Beamten antraf. Er war in eine dickleibige Akte vertieft.

Brinkmann hielt ihm seinen Ausweis hin.

Der andere warf einen Blick darauf und schwieg.

Unschlüssig stand Brinkmann vor dem Schreibtisch, zog schließlich einen Stuhl heran und setzte sich.

„Ich habe eine Ermittlung zu führen, die Ihren Bezirk betrifft", begann er.

„Wegen was?" fragte der Sylter.

„Mord."

Für den Inselpolizisten schienen Gewaltverbrechen zum täglichen Einerlei zu gehören. Er reagierte nicht auf den Köder.

Brinkmann fuhr größere Geschütze auf.

„Es besteht Mordverdacht gegen Heinrich Lembke, den Besitzer des Hotels ‚Seeadler' hier in Westerland."

Der Wortkarge zeigte Wirkung. Saugend zog er die Luft durch eine Lücke zwischen den Schneidezähnen.

„Heinrich Lembke?“ fragte er. „Sie haben sich da nicht vertan?“

„Nein, Herr Kollege, vermutlich nicht.“

Der Beamte, dessen Namen und Dienstgrad Brinkmann immer noch nicht kannte, kratzte sich hinter dem Ohr.

„Und was wollen Sie von uns?“

„Wissen, wer sein Hausarzt ist. Sie kennen sich doch hier aus.“

„Früher“, sagte der Einheimische und legte eine Pause ein, so lang, daß Brinkmann befürchtete, er werde in sein anfängliches Schweigen zurückfallen. „Früher hätte ich den aus dem Kopf sagen können. Aber heute, Doktors an jeder Ecke, wie soll man da wissen, zu wem einer geht?“

Es blieb nur das Branchenverzeichnis. Brinkmann erbat es und zog damit zum Telefon ins Nebenzimmer. Er wählte unaufhörlich, stellte allen Arzthelferinnen der Insel seine Frage, wußte nicht, in welcher Krankenkasse, wahrscheinlich privat.

Nach einer Stunde stieß er auf Lembkes Hausarzt und erhielt einen Termin für den nächsten Vormittag.

Zum Schluß rief er im Hotel an. Knippel war im Haus. Sie verabredeten sich für sieben Uhr in den „Störtebecker-Stuben.“

Dann saßen sie am Tisch, Ulla und Jimmy, Knippel und Brinkmann, und fügten das Puzzle zusammen. Alle Teile, die sie gefunden hatten. Ulla den Rand, der alles zusammenhielt. Knippel den Hintergrund, braun, grau und schwarz, schwer zu unterscheiden. Jimmy das langgesuchte Schlüsselteil.

Brinkmann komplettierte den Vordergrund mit leichter Hand.

Die fehlenden Teile sollten am nächsten Tag hinzugefügt werden.

27

Er liebte den frühen Morgen, wenn das Hotel erwachte. Wie immer stand er als erster auf, duschte und zog sich an. Öffnete den Putzfrauen die Hintertür. Ging in die Küche und trank den ersten Kaffee mit den Köchen. Genoß das Schweigen des übernächtigten Portiers in der Stille der Halle. Sah die Frauen im Restaurant die Stühle hochstellen. Hörte einen frühen Gast die Spülung bedienen.

Es war sein Hotel, seit fünfunddreißig Jahren sein Hotel.

Sie hatten ihn schief angesehen, als er kam und es kaufte. Wenn Kleinegart nicht gewesen wäre, hätte er es nicht einmal drei Jahre ausgehalten. Kleinegart konnte mit denen umgehen. War einer von ihnen. Wurde akzeptiert. Kleinegart war der goldene Tip, den ihm die Kameraden gaben, als er aus Bochum verschwinden mußte. Kleinegart hatte Verbindungen. Er wurde Bürgermeister, obwohl alle Bescheid wußten. Aber auch ihn ließen sie fallen, als es herauskam. Als dieser Wilkens an jeder Ecke seine Flugblätter verteilte. Unser Bürgermeister ein hoher SS-Offizier? Wenn wir das gewußt hätten! Unser Bürgermeister hat das Warschauer Ghetto ausradiert? Igittigitt!

Ihm würde das nicht passieren, nicht noch einmal. Die Erfahrung von 1931 hatte gereicht. Da hatte er sich auch was aufgebaut. Aber ihn hatten sie gefeuert, den Polizeiassistentenanwärter. Nicht den Oberkommissar, viel länger in der Partei, aber aus bestem Hause. Ihn, den kleinen SA-Mann.

Aber er hatte es ihnen gezeigt, den Roten – 33. Und heute. Ihn kriegten die nicht. Nicht dieser lächerliche Alte auf seinem Moped. Der nahm ihm sein Hotel nicht weg. Der nicht. Der nahm niemandem mehr was weg. Der war nicht sein Lübbo Wilkens geworden.

Er hatte aus Kleinegarts Fehlern gelernt.

Er ging zurück in seine Privaträume. Über den schwachbeleuchteten Flur, vorbei an dem Zimmer, in dem dieser Tommy-Polizist schlief.

28

Brinkmann war im „Nordstern“ abgestiegen, einer kleineren Pension, deren Zimmerpreis von seiner Reisekostenentschädigung zu bestreiten war. Er verdrückte zwei Marmeladenbrötchen, spülte mit durchsichtigem Kafee nach und machte sich auf den Weg. Es versprach ein schöner Herbsttag zu werden, klar, sonnig und windstill.

Lembkes Hausarzt praktizierte in Kampen. Das Wartezimmer war ganz in Eiche möbliert, an textilbespannten Wänden hingen Stiche von Windjammern.

Man ließ ihn eine halbe Stunde warten.

Dann folgte er dem stöckelnden Hintern der Arzthelferin in den Behandlungsraum.

„Was kann ich für Sie tun, Herr Hauptkommissar?“ fragte der Arzt nach einem Blick in Brinkmanns Dienstausweis.

„Ich habe einige Fragen zu einem Ihrer Patienten, Herr Doktor. Es handelt sich um Heinrich Lembke.“

„Was hat der alte Herr denn ausgefressen, daß sich die Bochumer Kriminalpolizei an seine Fersen heftet?“

Das klang locker, aber Brinkmann entging der lauernde Unterton nicht.

„Es besteht ein Verdacht, nicht mehr. Vielleicht helfen Ihre Aussagen, ihn zu zerstreuen.“

“Fragen Sie.“

Der Arzt federte in seinem ledernen Schreibtischsessel zurück und wippte sanft.

„Weswegen ist Lembke bei Ihnen in Behandlung?“ fing Brinkmann vorsichtig an.

Der Arzt zog die Karte zu sich heran.

„Na ja, ein bißchen Kreislauf, zu hoher Blutdruck, Alterszucker. Alles halb so schlimm."

„Und was machen Sie dagegen?"

„Um ehrlich zu sein, nicht viel. Lembke ist in einem Alter, wo er mit diesen Dingen leben muß."

„Auch mit dem Zucker?"

„Diabetes ist doch heute kein Problem mehr, Herr Kommissar. Lembke spritzt sich selbst, wie Tausende andere Menschen auch."

Brinkmann suchte nicht einmal seine Zigaretten, blätterte nur in seinem Notizbuch.

„Sie verschreiben ihm das Insulin, Herr Doktor?"

Der Arzt nickte.

„Kann es passieren, daß ein Zuckerkranker zuviel Insulin zur Verfügung hat?"

„Ich verstehe Ihre Frage nicht, Herr Hauptkommissar."

„Zuviel Insulin. Mehr, als er für sich braucht."

Der Arzt hatte begriffen. Er klappte die Karte des Patienten auf und folgte den Eintragungen.

Mittendrin stockte sein Finger.

„Ist was, Doktor?" setzte Brinkmann nach.

Der Arzt sah ihn an.

„Lembke war einmal hier, weil er das Rezept verloren hatte. Ich habe ihm ein neues ausgestellt."

„Wann war das?"

„Im vergangenen Quartal. Am 12. September."

Brinkmann brauchte nicht in seinem Buch zu blättern, um zu wissen, was am Tag drauf geschehen war.

Er stand auf und reichte dem Arzt die Hand über den Schreibtisch. Der Doktor machte keine Anstalten, sie zu ergreifen. Er starrte weiter auf die Karte.

Brinkmann wurde der Arm schwer.

„Er war vorgestern noch hier", sagte der Arzt. „Wegen Insulin. Er habe zwar noch welches, aber ob es für den Herbsturlaub reiche, wisse er nicht. Ich habe ihm welches verschrieben."

29

Das Paket mit den Spritzen lag auf der Ablage über dem Waschtisch. Eine oder zwei? Wilhelm Lembke sah in den Spiegel und versuchte zu lächeln. An der Art, wie es ihm mißlang, merkte er, daß es aus war.

Sie hatten ihn eingeholt. Er hatte es im September nur hinausgezögert. Oder verschlimmert. Sicher verschlimmert. Ohne das hätte er gehen können, wenn es bekannt geworden wäre. Oder sich zur Ruhe setzen wie Kleinegart. Der hatte danach auch noch fünfzehn Jahre gelebt.

Aber er war nicht Kleinegart. Er hatte keine zwanzig Jahre mehr. Nicht mal eins.

Warum war er nur nach Bochum gegangen? In dieses große Nest. Ein Kaff war es und würde es immer bleiben. Aber ihm hatte es das Genick gebrochen. Und das alles wegen eines verschnörkelten Stücks Messing. Goldener Zimmerschlüssel.

Er lachte auf und erschrak selbst davor.

Wo sie bloß blieben, der klapprige jüdische Dolmetscher und seine Leute?

Warum sie nur so lange brauchten?

Aber kommen werden sie. Heute oder morgen. Jetzt oder später.

Wieder lachte er dieses Lachen.

Sie werden zu spät kommen.

Viel zu spät.

Der Mann, der einmal Karl Augsburger gewesen und es immer geblieben war, löste die Beruhigungstabletten in etwas Wasser auf, trank das Glas in einem Zug leer und setzte sich zwei Spitzen.

Als Emil Strothkämpers Leute gegen Mittag ins Zimmer kamen, lag er auf dem Bett, die Hände auf der Decke.

Der rechte Zeigefinger fehlte.

GrafiTäter & GrafiTote

Ard u.a.: Der Mörder kennt die Satzung nicht - Der Mörder würgt den Motor ab - Der Mörder bittet zum Diktat - Der Mörder kommt auf sanften Pfoten - Der Mörder kommt auf Krankenschein - Der Mörder bricht den Wanderstab - Der Mörder packt die Rute aus - Der Mörder schwänzt den Unterricht - Der Mörder zieht die Turnschuh an - Der Mörder bläst die Kerzen aus - Der Mörder ist immer der Gärtner • Die Meute von Hörde • *Leo P. Ard/Michael Illner:* Flotter Dreier - Gemischtes Doppel • *Leo P. Ard/ Reinhard Junge:* Der Witwenschüttler - Meine Niere, deine Niere - Die Waffen des Ekels - Das Ekel schlägt zurück - Bonner Roulette • *Dorothee Becker:* Mord verjährt nicht - Der rankende Tod • *Jacques Berndorf:* Eifel-Rallye - Eifel-Feuer - Eifel-Schnee - Eifel-Filz - Eifel-Gold - Eifel-Blues • *Horst Bieber:* Kaiserhof • *Horst Eckert:* Aufgeputscht - Bittere Delikatessen - Annas Erbe • *Christoph Güsken:* Mörder haben keine Flügel - Schaumschlägers Ende - Bis dann, Schnüffler • *Harald Irnberger:* Ein Krokodil namens Wanda - Das Schweigen der Kurschatten - Geil - Stimmbruch - Richtfest • *Andreas Izquierdo:* Jede Menge Seife - Das Doppeldings - Der Saumord • *Annette Jäckel:* Talk • *Reinhard Junge/Leo P. Ard:* Das Ekel von Datteln • *Reinhard Junge:* Totes Kreuz - Klassenfahrt • *Jürgen Kehrer:* Irgendwo da draußen - Das Schapdetten-Virus - Das Kappenstein-Projekt - Bären und Bullen - Spinozas Rache - Schuß und Gegenschuß - Wilsberg und die Wiedertäufer - Kein Fall für Wilsberg - Killer nach Leipzig - Gottesgemüse - In alter Freundschaft - Und die Toten läßt man ruhen • *Agnes Kottmann:* Tote streiken nicht • *Leenders/Bay/Leenders:* Eulenspiegel - Clara! - Feine Milde - Jenseits von Uedem - Belsazars Ende - Königsschießen • *Fabian Lenk:* Mitgefangen, mitgehangen - Schlaf, Kindlein, schlaf - Brandaktuell • *Hartwig Liedtke:* Scharfe Schnitte - Tod auf Rezept - Klinisch tot • *Heike Lischewski/Stefanie Berg:* Bananensplit • *Reiner Nikula:* Tödliches Schach - Ein Stückchen Hirn • *Theo Pointner:* Einer nach dem andern - Scheinheilige Samariter - Tore, Punkte, Doppelmord • *Werner Schmitz:* Nahtlos braun - Dienst nach Vorschuß - Auf Teufel komm raus • *Gabriella Wollenhaupt:* Grappa-Baby - Grappa und die fantastischen Fünf - Killt Grappa! - Grappa und der Wolf - Grappa fängt Feuer - Grappa dreht durch - Grappa macht Theater - Grappas Treibjagd - Grappas Versuchung • *Jan Zweyer:* Glück auf, Glück ab

grafit

az_krim1/0198.cdr5

Chemnitzer Str. 31, D-44139 Dortmund
E-Mail: grafit@knipp.de
Internet: http://www.grafit.de

Umschlagzeichnung: Peter Bucker
Druck und Bindearbeiten: Fuldaer Verlagsanstalt
ISBN 3-89425-323-1
10. 11. 12. / 00 99 98